语文阅读经典丛书

希腊神话

（上）

文质　改编

江西教育出版社
JIANGXI EDUCATION PUBLISHING HOUSE
·南昌·

图书在版编目(C I P)数据

希腊神话. 上 / 文质改编. -- 南昌 : 江西教育出版社, 2021.8
(语文阅读经典丛书)
ISBN 978-7-5705-2656-7

Ⅰ. ①希… Ⅱ. ①文… Ⅲ. ①神话–作品集–古希腊
Ⅳ. ①I545.73

中国版本图书馆 CIP 数据核字(2021)第 116838 号

语文阅读经典丛书 · 希腊神话（上）
YUWEN YUEDU JINGDIAN CONGSHU · XILA SHENHUA（SHANG） 文质 改编

出 版 人：廖晓勇
策划编辑：杨 柳 张 龙
责任编辑：朱 丽
出版发行：江西教育出版社
地 址：江西省南昌市抚河北路 291 号 邮编：330008
邮 箱：jxjycbs@163.com
网 址：http: //www.jxeph.com
电 话：（0791）86705643
经 销：各地新华书店
印 刷：湖北嘉仑文化发展有限公司
规 格：880mm × 1230mm 1/32 4 印张
版 次：2021 年 8 月第 1 版
印 次：2021 年 8 月第 1 次印刷
书 号：ISBN 978-7-5705-2656-7
定 价：25.80 元

赣版权登字 -02-2021-436

MULU

宇宙的起源

夜晚，你遥望星空，可以看见浩瀚的夜空星光闪闪；清晨，你仰望东方，可以看见美丽的红日喷薄而出。你是不是已经对这种大自然的现象习以为常，甚至以为这种存在是理所当然的呢？

其实，当夜深人静时，你可以坐下来静静地思考：这些我们不以为奇的自然万物到底是从何而来？它们真的就是那么一

直存在的吗？当然，你也可以想想我们人类，我们又是从何而来？

很久很久以前，这世上只有一片漆黑的“混沌”。“混沌”无边无际，像只没有底的大口袋。“混沌”是宇宙的第一个神，名叫卡奥斯，他统治着一切。

经过无数万年，在这片混沌之中又产生了胸怀博大的盖亚，即大地女神。盖亚孕育了三个孩子，分别是天神乌拉诺斯、海神蓬托斯和山神乌瑞亚。相传，乌拉诺斯是从盖亚的指端诞生的，他是众神之王，象征着希望和未来。

盖亚还生育了“十二泰坦神”，他们分别是：

大洋河流之神——俄刻阿诺斯；

暗与智力之神——科俄斯；

光明与太阳之神——许珀里翁；

生长之神——克利俄斯；

言论之神——伊阿珀托斯；

宝物、光及视力女神——忒亚；

时光女神——瑞亚；

秩序和正义女神——忒弥斯；

记忆之神——谟涅摩绪涅；

月之女神——福柏；

海之女神——泰西斯；

天、时空之神——克洛诺斯。

后来，盖亚又生出了6个怪物：3个各长着50个头、100双手；另外3个则是前额中间只长了一只巨大如轮的眼睛的独

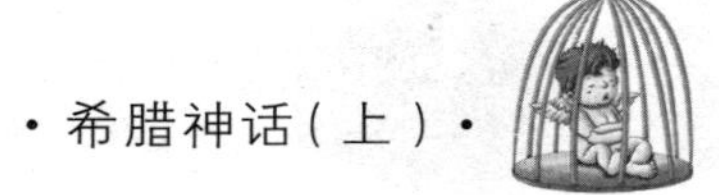

眼怪人。

乌拉诺斯担心这些孩子会威胁到自己的地位，所以，他们一出世，乌拉诺斯就把他们一个一个地打入了地狱。

后来，在盖亚的鼓动下，泰坦神中最小的克洛诺斯成了王。但是，他一登上王位，就立即把他的哥哥姐姐们囚禁起来。

宙斯的诞生

乌拉诺斯被克洛诺斯推翻时，曾诅咒克洛诺斯：“有一天，你的一个儿子将会比你强大，会把你赶下宝座。”

克洛诺斯非常担心，因为他不喜欢任何人夺走他手中的权力，连自己的亲生孩子也不行！

于是，只要妻子瑞亚生一个孩子，克洛诺斯就吃掉一个。就这样，瑞亚一连生了五个孩子，都被丈夫吞进了肚子里。

瑞亚很难过。大地母亲盖亚也为克洛诺斯这么无情而生气，所以，当瑞亚的第六个孩子宙斯将要出生时，她们想了个办法。

瑞亚来到一个叫克里特岛的地方，在岛上一个幽深的山洞里生下了这个儿子宙斯。

瑞亚为了骗过克洛诺斯，找了一块和婴儿差不多大小的石头，用布包裹起来，送到了克洛诺斯面前。克洛诺斯没有料到瑞亚会欺骗自己，想也没想，抢过瑞亚怀中的包裹，毫不迟疑地将它吞了下去。

小宙斯被瑞亚藏在克里特岛上的山洞里，一天天地长大，成长为一位拥有无穷力量的神祇。宙斯小的时候，瑞亚并不能经常去陪伴他、照顾他，幸好有两位善良的神女——阿德拉斯

忒亚和伊得，她们一直像母亲一样温柔地关爱他。她们为宙斯找来一些奶水丰富的母山羊，用羊奶哺育宙斯。狄克塔山上的蜜蜂也为小宙斯送来了新鲜甜美的花蜜。而且，只要小宙斯一啼哭，那些常年守在洞口的年轻祭司们就会大声地敲击盾牌，生怕克洛诺斯听到他的哭声。有了这些神祇的守护，宙斯终于成功摆脱了被吞掉的厄运，顺利成长起来。

宙斯在克里特岛一天天长大，他变得越来越强壮，也越来越生父亲的气。他想救出被父亲吃掉的哥哥姐姐，也想替母亲瑞亚报仇，因为父亲伤害了她。

瑞亚也想救出那些被克洛诺斯吃掉的孩子们。她和宙斯一起想了个办法，让丈夫喝下一种致吐药。果然，克洛诺斯刚喝下这药，就一口吐出了块石头，接着，宙斯的五个哥哥姐姐都被他吐出来了。所有的孩子都得到了解救，完好无损地被父亲吐了出来。

这些被克洛诺斯吞入腹中的子女，都是象征美好、光明和幸福的神祇。他们一回到世上，就与宙斯合作，展开了与克洛诺斯的战争。

神的战争

宙斯非常勇敢、聪明，奥林匹斯山上的很多神都愿意追随他。诸神之间的战争不知道打了几千几万年，仍不分胜负。

这时，大地女神盖亚告诉宙斯一个秘密：胜利将属于不仅有强大的力量，而且有无穷智慧的那一方。宙斯应该联合那些被克洛诺斯囚禁起来的神灵和怪物。

于是宙斯把他们全都解救出来，给他们喝了能使其不死的仙露，吃了一些神灵的食物，以此来争取他们站在自己这一边。

果然，奥林匹斯山上的神灵最终取得了胜利。宙斯被大家推选为王。宇宙的新一轮统治开始了。

时间流逝，在宙斯的统治下，宇宙的新秩序慢慢建立起来，宙斯也有了许多自己的孩子。现在，他处于壮年，但他也会有衰老的那天。神灵与凡人一样，也会担心自己在某一个时刻力不从心，而曾经被自己保护的幼子会变得更强壮。

宙斯和他的父亲一样，也想自己永久统治宇宙。

为解除这个担心，宙斯想到了去欺骗他的妻子墨提斯。

墨提斯是宙斯的第一个妻子。她有一种本领，能够让自己变成野兽、昆虫或岩石等任何她想成为的东西。

墨提斯怀孕了。宙斯问她："你真的能变成一只喷火的母狮吗？"墨提斯马上就做到了，样子很可怕。

宙斯又问："你也能变成一滴水吗？"毋庸置疑，墨提斯又做到了。但是，就在她刚变成一滴水时，宙斯一口把她吞进了肚子里。这样，墨提斯肚子里的孩子也就在宙斯的肚子里了。那是个女孩，名叫雅典娜。

雅典娜不能从母亲的肚子里出生，就只能从父亲的头颅里出生。现在，宙斯的脑袋已经像他妻子怀孕时的肚子那么大

了，他痛得死去活来。

宙斯身边有个叫普罗米修斯的神，为了帮宙斯减轻痛苦，他拿了把斧头，对着宙斯的头砍下去。只听见一声巨响，雅典娜从宙斯的头颅里跳了出来。

雅典娜一出生就是个全副武装的年轻姑娘，头上戴着钢盔，手上拿着矛和盾，身上披着铠甲。她是足智多谋的智慧女神和胜利女神。

大地女神盖亚有些厌倦了奥林匹斯山上的众神，和一个在浓雾遍布的大地深处居住的神生下了一个怪物般的孩子。那孩子叫堤丰。

堤丰高大无比，长着多个蛇头。每个蛇头都吐出黑色的芯

子，都有两只会喷烈焰的眼睛。它的目光射向哪里，哪里就会被烧成灰烬。

堤丰不愿安静地待着，老是到处乱走，“咿呀哇啦”发出各种声音，一会儿是神的话，一会儿是人的话，一会儿像狮子的怒吼，一会儿像公牛的咆哮。

这样一个怪物冲向奥林匹斯山，诸神都吓呆了。他们纷纷变成各种动物逃走了，只留下宙斯一个。

怪物堤丰打败了宙斯，割下宙斯的手臂和脚筋，并把他藏在西里西亚的一个山洞里，还把宙斯最有力的武器“雷霆霹雳”也藏了起来。可怜的宙斯被关在山洞里，动弹不得。

但是，奥林匹斯山上那些变成动物逃跑了的诸神仍在想办法救出宙斯，他们不能让怪物堤丰成为宇宙的统治者。

宙斯和女神生有一个儿子，叫赫尔墨斯，是联系天与地、生者与死者的信使。就是这个赫尔墨斯，找回了宙斯的手臂、脚筋和“雷霆霹雳”，并偷偷跑到那个山洞，把这些交给了父亲。

宙斯就像给乐器上弦一样在自己的身体上重新安放好手臂和脚筋，他又变得完好如初了。

堤丰虽然头能顶天，左手能碰到宇宙的东边，右手能碰到宇宙的西边，但宙斯发动了一次大地震，将堤丰彻底打败了。

堤丰死了以后，从他的尸体里窜出各种各样的风。

它们非常可怕，四处乱窜。这些风裹着浓浓的大雾，吹向大海，迫使船只迷失方向，被海水淹没；吹向大地，使得树木翻倒，庄稼被毁。堤丰化成恐怖的旋风，在世上继续作恶……

神之间的战争结束了,奥林匹斯山上的诸神又一次结束了混乱。

厄洛斯的故事

宙斯和厄洛斯

宙斯很多情，不仅喜欢女神，也喜欢人间美丽的年轻姑娘。但人间的女人没有一个爱上他的，他很生气，于是把爱神厄洛斯锁了起来。

厄洛斯委屈地说："宙斯，如果我做错了什么事，请你原谅我，我还是一个小孩子呢。"

宙斯睁大眼睛瞪着他，问："厄洛斯，你是一个小孩子吗？你比普罗米修斯的父亲还要老得多呢！你以为你长得胖嘟嘟的，好像很可爱，我就要当你是个孩子吗？"

厄洛斯委屈地说："那我做了什么天大的坏事，让你一见我就生气，还要把我锁起来？"

宙斯说："你为什么愚弄我那么多次？你让我那么多情，喜欢大地上的各种女人。为了去和她们约会，我总是用神的法

术把自己变成不同的形象，结果她们爱上了我变成的公牛、天鹅和金色的雨，而当我变回自己本来的样子时，她们都吓坏了。你说，这难道不是你做的坏事吗？”

厄洛斯说：“那是当然的，宙斯。因为她们都是凡人啊，凡人是很少有机会直接看到神的脸庞的，更何况你还是神主呢，她们更加惶恐了。”

宙斯稍微感到舒服一点了，他又问：“那我怎么才能被凡人爱上呢？”

厄洛斯回答道：“你如果想要人爱你，那你必须丢掉你的武器，并把自己弄得帅一点，比如用丝带绑起头发，穿上紫色衣衫、金色靴子……到那时啊，你会看见很多人追着来爱你的。”宙斯一听，大叫一声：“我宁可不要人爱我，也不能做这些事！”

厄洛斯眨眨眼睛，说：“那么好吧，宙斯，你就不要再想有人爱你了。这是最简单的一个办法。”

宙斯低下头思忖片刻，又对厄洛斯说：“不，我还是想拥有爱的。但我想达到目的，又不用那么麻烦。你想到办法，我就放你走。”可怜的厄洛斯绞尽脑汁地想着，爱本来就是既艰难又麻烦的东西，可是宙斯不要麻烦，这太难了。

连众神之主宙斯也不能想要什么就有什么，厄洛斯突然觉得他现在被锁在这里也没什么了。

厄洛斯与母亲

厄洛斯的母亲阿佛洛狄忒是美神。她是从海洋的波浪里出生的。她长得很美，有一头金色的鬈发。当她从海浪里走上沙滩时，每走一步，花朵就盛开在她的脚下，空气中弥漫着香味。

有一天，阿佛洛狄忒遇上了月亮女神塞勒涅。阿佛洛狄忒问塞勒涅："听说你爱上了一个小亚细亚的牧羊人。为了爱他，你使他获得了不死之身，却又只能永远沉睡，这样你就可以每天夜里去看他。有这回事吗？"

塞勒涅说："阿佛洛狄忒，这要问你的儿子了，这一切都是他造成的。"

阿佛洛狄忒说："唉，那简直是个顽皮透顶的孩子！你看，他对我这个母亲都做了什么？他让我和另一个女神同时爱上一个西西里亚的小伙子，我的爱人被别人夺走了一半，而我却没有一点儿办法。"

的确，无论是神还是人类，无不因小爱神的顽皮而为爱情犯愁。他总是到处乱飞，甚至会闭着眼睛胡乱射箭，那些被他射中的女神和男神、女人和男人就开始爱上对方。可是被箭射中会很痛，于是相爱的人就会有忧愁。大家对小爱神既爱又恨。他们老抱怨他，可谁又都离不开他。

这天，阿佛洛狄忒遇见了被宙斯锁住的儿子，就说："我的孩子，你看你都做了些什么。你在天上地下到处乱射箭，叫宙斯变成各种动物，叫月亮女神从天上降到森林里，你还戏弄我……你竟让瑞亚喜欢上年轻的小伙子，现在她驾着两头狮子，天上地下地到处找她的爱人。你实在是太过分了，小心瑞亚抓了你去喂狮子。”

厄洛斯看着他的母亲，说：“您放心吧，母亲，瑞亚现在这么忙，才管不到我呢。但是母亲，您告诉我，我总是指点人们爱是什么，这难道做错了吗？如果你们不要爱的痛苦，受不了那些忧伤、哭泣和折磨，你们不要它、不理它不就好了吗？可是你们又做不到。所以，谁都不要再来责怪我了。”

阿佛洛狄忒听了叹口气，对厄洛斯说：“你真是个可恶的孩子！大家都拿你没办法。”

母亲走了，厄洛斯在她身后偷偷掩着嘴笑。

阿波罗与厄洛斯

光明之神阿波罗在众神中算是最英俊的了，而且他多才多艺，还能预知未来。可在恋爱上，他却很倒霉，而这全是厄洛斯使的坏。

原来，阿波罗曾经指责厄洛斯老替凡人做事，还嘲笑他的弓箭不如自己的弓箭厉害。厄洛斯不服气，便想着找机会好好报复一下阿波罗。

一天，厄洛斯看见阿波罗和一个美丽的少女达芙妮正在河边漫步，立马想出了一个坏点子。

厄洛斯从背上抽出两支箭，一支是让人产生爱情的金箭，一支是让人产生厌恶的铅箭。趁阿波罗没留意，“噌”的一声，厄洛斯的金箭射中了阿波罗的心脏；又听“噌”的一声，厄洛斯的铅箭射中了达芙妮。中箭的阿波罗立马爱上了达芙妮；而中了铅箭的达芙妮却对阿波罗厌恶至极。

中了爱之箭的阿波罗全身燃烧起爱情的热火，他要去追求那个不理睬他的少女。但阿波罗越是喜欢达芙妮，达芙妮就越讨厌他。只要阿波罗一想接近她，她就拔腿逃跑。

达芙妮飞快地沿着河岸跑，而阿波罗锲而不舍地在后面追赶。没有办法的达芙妮只好向她的父亲河神求救：“父亲，救救我呀！请求您改变我的容貌吧！”

话刚说完，达芙妮的腿就没知觉了，刚才还像小鹿一样飞奔的脚变成了树根，一直伸展到地下；从胸口到腹部，一层薄薄的树皮包裹了她；她满头的金发一眨眼也全变成了叶子；她向河神伸出去的手臂变成了树枝。河神把达芙妮变成了一棵美丽的月桂树。

赶到河边的阿波罗看到达芙妮变成了月桂树，伤心地哭了。他伸出手摸摸月桂树的树干，感到在那硬硬的树皮下面，还流动着热血，叶子也在窸窸窣窣地颤动，好像她的心脏还跳动着。阿波罗对着月桂树说话，就像对着达芙妮说话："你不肯做我的新娘，就这样变成我心爱的月桂树也是好的。我要用你的枝叶做我的桂冠，用你的木材做我的竖琴，用你的花装饰我的弓。我要让你永远年轻，不会变老。"

因为受过阿波罗的祝福，月桂树终年长绿。在古希腊的音乐和诗歌比赛中，最优秀的选手也都能获得戴上一顶月桂树桂冠的荣誉。

没有厄洛斯的恶作剧，达芙妮就不会变成月桂树。可也因为有了月桂树，天上和人间又多了一个美丽的传说。

赫尔墨斯的故事

赫尔墨斯和阿波罗

赫尔墨斯出生在一个山洞里，刚出生就满山洞爬。他在山洞里抓了一只乌龟，把乌龟壳做成一把竖琴。然后他又趁着天黑跑到阿波罗的牛棚里去偷牛。他很聪明，赶走牛群的时候，懂得让牛不停地变换方向走，这样，阿波罗就很难根据牛的脚印追踪牛群了。这还不够呢，赫尔墨斯担心自己的小脚印被人认出来，就编了一双大大的草鞋，套在自己的小脚上。

赫尔墨斯把牛小心地安顿在远处一个牛棚里，然后摸黑跑回山洞，裹上尿布，躺回摇篮里睡觉。

阿波罗发现牛少了，马上四处找起来。路上，阿波罗遇见一位老人，老人昨天正好见到赫尔墨斯赶着一群牛经过，就告诉阿波罗，偷牛的是一个穿着大鞋子的小孩子。阿波罗就跟着那鞋印找到了赫尔墨斯住的山洞。

阿波罗怒气冲冲地闯进去，大声责问山林女神美亚：“你的儿子在哪里？他偷走了我的牛。”女神指着摇篮说：“你看，他睡在那里。这么小的孩子，怎么可能去偷你的牛呢？你不信就来搜吧，看我家里到底藏了你的牛没有。”

阿波罗把山洞搜了个遍，什么都没有发现。睡在摇篮里的赫尔墨斯其实早醒了，他在装睡，同时在偷偷地看着阿波罗。

阿波罗气急败坏，对着赫尔墨斯大叫：“你这个狡猾的小偷，再不老实承认，我就把你从山谷的裂口丢到地狱去！你要是进了地狱，就是父亲也没有办法带你出来了！”

赫尔墨斯见阿波罗没找到证据，怎么都不肯承认偷了他的牛。于是阿波罗就带着赫尔墨斯来到宙斯跟前，请父亲裁决这场是非。

宙斯当然知道是怎么一回事，但是两个都是他的孩子，他可不想激化矛盾。于是假装不耐烦地说："你们兄弟之间的事，自己去解决吧！"

听父亲这么一说，赫尔墨斯掉头就走，阿波罗也只好跟在他后面。赫尔墨斯知道阿波罗也很聪明，总有一天会找到他的牛，于是就承认是自己偷了牛。不过他又马上取出那用龟壳做成的竖琴送给阿波罗，并请求他的原谅。阿波罗很喜欢乐器，他马上高兴地收下了，也原谅了赫尔墨斯。赫尔墨斯还有一支用芦苇做成的笛子，阿波罗也非常喜欢，就用他的黄金手杖跟赫尔墨斯作了交换。

阿波罗和赫尔墨斯交换的黄金手杖拥有一种神奇的力量，可以调解任何纷争。有一次，赫尔墨斯遇见两条正在打斗的大蛇，他把那根黄金手杖往两条蛇中间一插，两条蛇立刻和谐地互相缠绕在手杖上。从那天起，赫尔墨斯无论走到哪里，都带着这根蛇杖。

后来，宙斯送给赫尔墨斯一双长着翅膀的鞋，还有一顶长着翅膀的帽子，赫尔墨斯就成为众神中跑得最快的飞毛腿了。宙斯命令他担任信使，专门传递天神的讯息。

赫尔墨斯和卖雕像的商人

一天，赫尔墨斯化作一个普通人，钻进了一家卖雕像的商店。他看见宙斯的雕像摆在柜台上，就问主人："这个值多少钱？"

卖雕像的说："一个银圆。"

赫尔墨斯又指着宙斯的妻子赫拉的雕像笑着问："这个呢？"

卖雕像的说："这个要贵一点。"

赫尔墨斯"噢"了一声，继续在店里晃悠。找呀找，他终于看见了自己的雕像。他心想，我是商人的庇护神，他们对我应该会更尊重些，于是就问道："这个值多少钱？"

卖雕像的回答道："假如你买了刚才那两个，这个就送给你。"赫尔墨斯一听，脸憋得通红，显然是被气坏了。他怒气冲冲地喊道："你怎能拿他的雕像白送人呢？"卖雕像的惊讶地看着他，仿佛看着一只怪物。

他回答说："赫尔墨斯既然是商人的庇护神，就应懂得这是商人的经商之道。而且据我所知，赫尔墨斯是个非常大度的神，怎么会计较这样的小事呢？"赫尔墨斯哑口无言，找了个理由灰头土脸地离开了。

赫尔墨斯和樵夫

一天，赫尔墨斯在河边走，忽然听到一个人在哭。原来有个樵夫在河边砍柴，不小心将斧子掉进了河里。这个可怜的人不会游泳，手足无措。要是没了斧子，就砍不了柴，也就不能卖钱，所以他伤心极了。赫尔墨斯听他说完后，跳进河里去捞斧子。第一次，他捞上来一把金斧子，樵夫说不是他的；第二次，他捞上来一把银斧子，樵夫又说不是他的；第三次，他把樵夫的斧子捞上来，樵夫说这个才是他的。赫尔墨斯看樵夫为人诚实，就把三把斧子都给了他。

樵夫欢天喜地地回家了，并把这件事情告诉了自己的伙伴们。有个伙伴也想有这好运气，就拿上一把斧子去河边砍

柴，没砍几下，便故意把斧子丢进河里，然后坐在河岸上大哭。不久，赫尔墨斯出现了，问他出了什么事，那人也回答说丢了斧子。赫尔墨斯捞起一把金斧子，问是不是他的，这个人立刻说是自己的。赫尔墨斯看出了这个人的坏心眼，不但没给他金斧子，就连他掉进河里的那把斧子也没有理会，气愤地离开了。

人类的起源及发展

很多年后的一天，先觉者普罗米修斯来到了大地。普罗米修斯的父亲是十二泰坦神之一的伊阿珀托斯，也是就说，普罗米修斯是大地女神盖亚与乌拉诺斯的孙子。

普罗米修斯是一个集聪慧和睿智于一身的神灵，当他来到大地，很快发觉这个生机盎然的世界缺少点什么，对，缺少一种有灵性的高级生物。

普罗米修斯平时喜欢用地上的泥土捏成各种东西，而且，他拥有源源不断的创造力。这次，他的脑海中有个奇特的构想：按照他们众神的模样，用泥土捏成一个个泥人。众神中有男女之别，那么，这些泥人当然也有男女之分。接着，他又在这些泥人的胸膛中封入善和恶。

智慧女神雅典娜是普罗米修斯的朋友，她很欣赏他的这一杰作，她轻轻地对着这些泥人吹了口气。神灵的气息进入他们的体内，于是他们就获得了生命，成为具有灵性的高级生命体。

就这样，最初的人类产生了，他们在这片广袤的大地上繁

衍不息，不久，他们的子孙就遍布了整个大地。

人类的发展共经历了五个时代，分别是黄金时代、白银时代、青铜时代、英雄时代和黑铁时代。这五个时代的人类有着什么样的特征呢？下面我们就一起来看一下。

天神创造的第一个时代的人类即黄金时代的人类，这时候统治世界的是克洛诺斯，他是一个伟大的神，拥有至高无上的权利。

作为大地上的第一代人，他们生活得如同天神一样，无忧无虑，不愁吃穿。那时候天神特别庇护他们创造出来的人类，他们让大地自动地生长出可供人类食用的五谷，这样人类根本不用辛勤劳作就可以享有精美的食物。他们还保证地上的水草

丰美，以便牛羊有足够的食物，这样人类不仅可以经常宰杀这些牲畜来祭祀神灵，还能改善他们自己的饮食，以获得强健的体魄。

神灵还让人间没有疾病，没有天灾，没有不平，没有战争，没有猛禽，没有恶兽……总之，那时的人间十分太平，就像天堂一样。因为人类的所有需要都能得到满足，所以，大家在和平康乐中幸福地生活着。那时，笑容总是溢满人类的脸庞。

当命运女神判定这一代人离开人世时，他们就像进入永久的睡眠之中一样，在没有一点痛苦的情况下升入美丽的天堂。在天堂里，他们成为仁慈的保护神，生活在云雾中。他们给善良的人类主持正义，并惩罚罪恶。而当他们随意地在云层中穿行时，体态轻盈得像美丽的天使。

天神创造的第二个时代的人类即白银时代的人类，他们与第一代人有很大不同。他们受尽母亲的溺爱，因此也十分依赖他们的父母，以至于他们的童年期很长，在这期间他们的心理非常不成熟，而等他们终于长大成人后，留给他们的只是短短几十年的生命。因为母亲的溺爱，他们从来不会克制自己的情感，放肆的行动往往使得这一时代的人陷入痛苦的深渊，他们粗野而傲慢，彼此之间经常互相欺骗。除此之外，他们也缺乏对神灵的崇拜，不愿意再向神灵的圣坛献祭适当的祭品以表示敬意。这一点最让万神之父宙斯无法忍受，他决定消灭人类。

但是，白银时代的人类并不是全然没有道德的，于是宙斯判定，他们的肉体必须得从大地上消失，而他们的灵魂可以在

大地上游荡，他们就成了我们常说的“魔鬼”。

天神创造的第三个时代的人类即青铜时代的人类。这一时代的人比白银时代的人更加不堪。他们嗜好战争，不同地方的人总是在一起展开厮杀，他们天生拥有的顽强意志和强健体魄仿佛就是为战争服务的。他们总是处于备战状态，即使是在土地上耕种时，他们也穿着青铜的铠甲，以便随时参加战争。就这样，人间总是出现兵戈相见的场面。

这个时代的人类已经不能再享受天神的恩宠，田里的庄稼必须得靠他们自己的辛勤劳作才可以生长。他们虽然经常参加战争，拥有强大的力量和惊人的意志，但他们不能抗拒死神的召唤。当他们离开光明的大地以后，就坠入了可怕的地狱之中。

天神创造的第四个时代的人类即英雄时代的人类。天神宙斯汲取了以前的教训，决定尽量把这一代人创造得完美，因此这一代人比以前所有的人类都要更高尚，更富有正义感。他们是半人半神的英雄，做出了很多英雄事迹，也为人类创造了许多福祉，他们中的许多人都被后人铭记在心，他们的故事也世代相传。

但是他们最终也没有走出命运之神编织的罗网，他们也陷入了凶残的战争，进行可怕的血腥仇杀。他们中的一些人死于争夺底比斯国国王继承权的底比斯之战，一些人则亡命于因美丽的海伦而爆发的特洛伊战争，等等。

当他们在人间的战斗中结束了自己的生命以后，宙斯就会派太阳神用神车把他们送到大洋彼岸的极乐岛。在那里，他们过着宁静而幸福的生活，享受着每年三次由富饶的大地提供的丰盛的果实。

天神创造的最后一个时代的人类即黑铁时代的人类。铁是这一时代人类最重要的工具材料，他们用铁制造武器和农具。铁制工具大大提高了当时的生产力，人们收获颇丰，生活有了很大的改善。

但这一代人常常背信弃义，是非颠倒，难免陷入可怕的战争之中。他们也不再崇拜神灵，甚至对神缺乏最起码的尊重。正是他们的无知彻底激怒了宙斯，他考虑是不是要彻底消灭人类。

现在，我们以古代著名诗人赫西俄德对人类世纪传说的概叹来结束对第五代人的描述：

“啊，假使我不生在人类的第五代的话，就让我生得更早，或更晚吧！因为我不想生活在黑铁的世纪。

“这时的人类全然是罪恶的。他们夜以继日地劳作，神使他们拥有愈来愈多的烦恼，但是，最大的烦恼则是他们自己造成的。父亲不爱儿子，儿子不敬父亲；宾客憎恨主人，朋友厌恶朋友。人间处处充满着仇怨，即使兄弟之间也不再像从前那样坦诚相见，充满关爱；白发苍苍的父母不但得不到怜悯和尊敬，还备受子女的虐待。

“啊！无情的人类啊，你们怎么不怕神祇将要给予的制裁，全然不顾父母的养育之恩？

“处处都是强权者得势，欺诈者横行，他们心里总是恶毒地算计着如何去毁灭他人的家园。正直善良的人被轻视，行骗者荣耀加身。权力和自律不再受到敬重。坏人侮辱好人，他们说谎话、造谣、以制造事端。事实上，这些就是造成这一类人不幸命运的原因。

“从前，至善和尊严女神还常来人间走访，如今她只能悲哀地用一袭白衣裹住她那美丽的躯体，离开让她心灰意冷的人间，回到永恒的神祇世界里。这时候，留给人类的只是无边的黑暗和不尽的痛苦，他们没有任何的希望。”

普罗米修斯与潘多拉魔盒

我们的先觉者普罗米修斯用泥土按照众神的样子制造了人类以后，第一批人类就这样在世上出现了。他们在这片广袤的土地上繁衍生息，不久，他们的子孙就遍布在世界各处。

因为普罗米修斯当初在他们的心中封存了善与恶，人类从此便集勇敢、懦弱、险恶、忠诚、狡猾等种种复杂的性格于一身。人类具有如此多的缺点，普罗米修斯深感责任重大，因为他必须不断地训练和指导人类，以便他们能把人性好的一面发扬光大。为此，他先让人类拥有羞耻之心，教他们用兽皮制作一些简单的衣服。

另外，普罗米修斯还教会了人类许多生存之道。待人类将这些基本的生活技能掌握后，普罗米修斯又开始教一些更为复杂的内容。比如，他教他们发明了文字，教他们如何观测夜空中的星辰等。就这样，普罗米修斯将人类一步步引向文明。但是普罗米修斯还缺少完成人类文明的最后一样东西，那就是对众神来说也非常稀奇的火。

尽管天父宙斯拥有无数珍宝，但他对火还是情有独钟，珍爱异常。他专门派人守着火种，严禁任何人把火种带到人间。后来发生的一件事，更让宙斯坚定了这一做法。

一次，神灵们聚在希腊的墨科涅举行一次会议，他们共同商讨人类的权利和义务问题。因为他们早已注意到人间这刚刚产生的人类，就想用人类的供奉来换取他们的保护。

普罗米修斯作为人类的保护者也参加了这次会议。为了不让人类承担过多的义务，普罗米修斯想出了一个办法，决定愚弄一下众神。他代表人类宰杀了一头大公牛作为祭品，并把大公牛的肉分成两大堆，一堆他放的全是上等的肉，但用牛皮包裹着，顶上胡乱放了些内脏；另一堆放的则全是一些骨头，但却用一大块板油巧妙地包裹着。而且这一堆看起来比前一堆要大整整一倍。

其实啊，普罗米修斯这种安排是专门针对众神之主宙斯的。因为宙斯是靠推翻了老一代神祇的统治，才谋取到今天的地位，而普罗米修斯就是老一代神祇的后代，所以，普罗米修斯对宙斯的仇恨是根深蒂固的。

宙斯看见这两堆祭品时，果然径直走到了那堆大的牛肉旁，当他看清板油下的骨头时非常生气。但当着众神的面宙斯又不好发作，他暗暗发誓要报复捉弄他的普罗米修斯及受其庇护的人类。于是，普罗米修斯后来向他讨要火种时，宙斯就一口回绝了。

其实普罗米修斯心里也明白，想从宙斯那里讨到火种是不

可能的。于是，他决定盗取一些火种带到人间。

一次，趁众神聚会时，他悄悄接近太阳车，并很快点燃了他事先准备的茴香秆。然后，他带着火种迅速回到人间。

聪明的普罗米修斯就这样瞒过了众神，包括天父宙斯的眼睛，把火种带到了人间。

直到有一天，宙斯在他的神殿里视察人间，突然看到人间居然升起了缕缕炊烟，他才知道自己的火种被人窃取了。这个人显然就是普罗米修斯。这让宙斯暴跳如雷，他决定要狠狠地惩罚这个盗火者普罗米修斯及其庇护的人类。

于是，宙斯很快就想到了一个新的主意，这个主意完全可以抵消火种带给人类的种种好处。

宙斯命令火神赫菲斯托斯创造一个集所有优点于一身的美丽少女。然后，他命令美神用最美丽的金冠和华丽的衣服来装扮这个美丽的少女。

宙斯很满意这一杰作，亲自给她取名为潘多拉，意思是“众神所赐，有一切天赋的女人”。

最后，宙斯将一个密闭的盒子递到她手上。这个盒子里面装着宙斯送给人类的“礼物”，它包括战争、怨恨、贪婪、苦痛、疾病等等。一切丑恶的东西都放在里面。

宙斯害怕引起神灵公愤，不敢彻底毁灭人类，所以，他在盒子的底部放了一样可以克服这一切的美好东西——希望。但是，宙斯对潘多拉特别强调，不到万不得已，千万不要将它放出。

而后，宙斯亲自把这个美丽的少女送到普罗米修斯的弟弟厄庇墨透斯跟前，并申明是众神送给他的妻子。

普罗米修斯早就听说了宙斯的愤怒，所以他一再告诫自己的家人不要接受来自宙斯的任何形式的礼物，否则后果将不堪设想。但意志力薄弱的厄庇墨透斯一见到美丽动人的潘多拉，就把哥哥的忠告抛在了脑后。

厄庇墨透斯十分欣喜地表示很愿意接受这一厚礼，并对宙斯再三表示感谢。于是这个美丽的女子手持魔盒一步步地走向了厄庇墨透斯。

厄庇墨透斯非常高兴，可他不知道伴随美丽的潘多拉到来的还有无边的灾难，它们正一步步地向自己靠拢。

潘多拉刚在厄庇墨透斯的面前站定，就突然扬手掀开了盒盖。一瞬间，所有丑恶的东西都飞了出来，并迅速蔓延到世界的各个角落。由于谨记宙斯的告诫，在希望还没有飞出之前，潘多拉就迅速地放下了盖子，并将盒子盖得紧紧的。

灾难和不幸从此降临人间，数不清的惨祸充斥着整个大地，无助的人类痛苦地受着煎熬，他们的生活每况愈下。直到现在，人类仍然要忍受着这些灾难的威胁。

宙斯报复完人类，决定再报复他们的庇护神——普罗米修斯。他命令赫菲斯托斯和外号叫作“强力”和“暴力”的两个仆人将普罗米修斯押解到高加索山顶。

他们用特制的铁链将普罗米修斯死死地捆在一块高大的岩石上，使普罗米修斯不仅不能安然入睡，甚至连弯曲一下疲惫的双膝也不行。另外，岩石的下面是万丈深渊，左右两边又濒临着大海，那里常年吹着凛冽的寒风，气候条件十分恶劣。

不仅如此，宙斯还放出一只凶猛的神鹰每天啄食普罗米修斯的肝脏。普罗米修斯肝脏的再生能力很强，白天被吃掉多少，晚上又会长出多少。但是，到了第二天，神鹰又会来继续啄食他新长出的肝脏。如此循环往复，对普罗米修斯来说，这简直是惨无人道的折磨，他生不如死。更无奈的是，可怜的普罗米修斯所遭受的痛苦被判定是无期限的。但坚强的普罗米修斯从来不肯向宙斯服输，他的意志力始终坚不可摧。连万能的

宙斯也奈何不了他!

普罗米修斯在悬崖峭壁上经历了许多悲苦的岁月,本以为这种日子仍将遥遥无期,可是,有一天,一个叫赫拉克勒斯的人为寻找金苹果居然来到了这里。

赫拉克勒斯看见了正在忍受神鹰折磨的普罗米修斯,忍不住同情他,赫拉克勒斯射落了那头可恶的神鹰,并为普罗米修斯解下了锁链。

普罗米修斯必须永远戴上一只镶有高加索山上石子的铁环。这样,宙斯就可以自欺欺人地向世人宣称,他的仇敌普罗米修斯仍然被锁在高加索山的悬崖上。

丢卡利翁和皮拉

丢卡利翁是先觉者普罗米修斯的儿子，而妻子皮拉的父亲是普罗米修斯的弟弟厄庇墨透斯，母亲则是给人类带来不尽灾难的潘多拉。

丢卡利翁没有遗传父亲普罗米修斯对天父宙斯的仇恨，他对众神灵都很敬重。妻子皮拉也没有遗传她母亲潘多拉的邪恶，她是一个十分善良的女子，对神灵同样敬重。宙斯也很照顾这对虔诚的夫妇，当年宙斯用洪水毁灭人类时，就仅留下了他们夫妻俩。而让宙斯产生毁灭人类的念头的导火索是阿尔卡狄亚国王吕卡翁。

有一天，宙斯亲自到人间走访，刚好来到阿尔卡狄亚国王吕卡翁的王宫。宙斯想看看人们对他的敬爱程度，于是就频频暗示自己就是众神之父宙斯。其他的人心领神会，纷纷跪拜。可是，唯有国王吕卡翁很狂妄，他不仅不跪拜，还口出狂言："他就是宙斯？我倒要看看宙斯到底有多大能耐！"晚餐时，吕卡翁杀了一个人，将其投入到沸水中煮熟，然后命人将煮熟的

人肉端到宙斯面前。宙斯是万能的众神之父，吕卡翁的这个小伎俩当然逃不过他的天眼。他见吕卡翁如此放肆，立马将人肉打翻在地，并放出雷电将吕卡翁的宫殿劈开，还把残暴狂妄的吕卡翁变成了一只狼。而后，宙斯愤愤地回到奥林匹斯山。

宙斯回来很长时间后还是痛恨吕卡翁的不敬行为，以至于迁怒到整个人类。于是，他派出老天神南风前去惩罚人类。南风在夜色的掩护之下，呼啸着来到人间。他飘在半空中，用力吹动满载雨水的乌云，很快，人间上空就积聚了大片大片的乌云，南风随后又伸出他那有力的双手，使劲地挤压乌云。霎时间，豆大的雨滴密集地向人间砸来。再加上海神波塞冬的威力，大地上的河水猛涨，不久就冲破河堤，咆哮着向正在熟睡的人类涌来。

被巨大的河流声吵醒的人们，或向山顶转移，或紧抱住木柱，或跨上小船……大多数人来不及睁开眼就被突至的大水卷走了。不一会儿，浑黄的水面上漂浮着众多的尸体，有家禽的，有猛兽的，也有人类的。洪水仍在继续猛涨，直至将整个大地淹没。

宙斯俯瞰白水茫茫的大地，这才露出满意的笑容。突然，他的笑容凝固了，因为他看到水面上竟有一只小船浮浮沉沉，上面有一对男女。原来，这对男女就是丢卡利翁和他的妻子皮拉。他们事先得到普罗米修斯的提示，才有所准备，躲过了这一劫难。宙斯认为，他们夫妻俩敬畏神灵，不同于其他无知的人类，所以，他打算留下他们重新改造人间。

宙斯命令南风和波塞冬立即停手。不久，乌云尽散，太阳露出了笑脸，陆地也显露出来。丢卡利翁和妻子皮拉见天地重现，喜极而泣。当发现周围的生物绝迹后，丢卡利翁十分感伤，他不知道自己和妻子以后怎么在这孤寂的世界中存活下去。

后来，丢卡利翁携带妻子来到忒弥斯女神那残破不堪的祭坛前，他们跪下祈求道：“伟大的女神啊，人间的惨相你也应该看见了吧！眼前的大地千疮百孔，生物绝迹，仅剩下我们这两个可怜之人，为了能让世界恢复生机，请降下一些启示吧！”女神动容道：“亲爱的丢卡利翁，你们只要将你们伟大母亲的尸骨抛向身后即可！但要切记，蒙住自己的双眼。”可善良的皮拉听完，很不赞同女神的提议，因为她不想冒犯母亲的遗骨。女神听了含笑不语，转身望向丢卡利翁。丢卡利翁想了想，顿感彻悟，他向妻子解释道：“亲爱的皮拉，我善良的妻子！女神并不是让我们丢弃母亲的遗骨,而是大地母亲的遗骨——石头啊！”

皮拉听到丢卡利翁的解释，觉得豁然开朗了，但她还是有点质疑：坚硬的石头，怎么能让世界恢复生机呢？带着疑问，她和丢卡利翁离开了女神的祭坛。他们按照女神的要求，蒙住双眼，然后将手中的石头向身后抛去。这时，奇迹真的出现了：坚硬的石头一接触地面，立即变得柔软细长，渐渐显出人的模样。一开始，人的五官还不是很清晰。慢慢地，石头沾上泥土的部位变成人体的肌肉，石头上的纹理变成人体的脉络，而石头本身则变成人的骨骼，人的形体才开始渐趋完美。奇怪的是，丢卡利翁身后的人都是男人，皮拉身后的人都是女人。

当这些男人、女人成活后，他们立即分散到世界各地，世界有了他们点缀，生机勃勃的景象再次出现。

美丽的伊娥

伊那科斯是古老的珀拉斯戈斯王朝的国王，他有几个漂亮的女儿，尤其是小女儿伊娥，那真是世上少有的美丽女子。如果把美丽的姑娘比做天上耀眼的星星，那么伊娥就是群星中最夺目的那一颗。她的美丽，连最娇艳的花儿见了都会羞惭，歌声最婉转的鸟儿见了她也会停止歌唱。

伊娥是珀拉斯戈斯王朝最耀眼的明星，也是伊那科斯国王最珍爱的掌上明珠，他十分疼爱自己的这个小女儿。

伊娥虽然集万千宠爱于一身，但她并没有被宠坏，她是一个心地善良、懂事的姑娘。

有一天，父亲的牧羊人生了病，放不了羊，伊娥知道后就主动要求去放羊。得到父亲许可的伊娥把羊群赶到海岸边那个美丽的牧场上，就任由羊群自由自在地吃草。

说也奇怪，以前牧羊人放羊的时候，总有几只调皮的小羊不肯乖乖吃草，四处乱跑。但是今天，它们却格外地老实，一直低着头吃草，大概它们也被伊娥的美丽所折服了吧。

羊群吃草的时候，伊娥就舒舒服服地躺在草地上，她不仅可以欣赏蓝蓝的天空、白白的云朵、金灿灿的阳光，还可以享受空气中散发出的浓郁花香。

天气真是好极了！伊娥的心情也好极了！于是，她轻轻地哼起了歌，甚至还情不自禁地翩翩起舞。伊娥曼妙的舞姿引来了许多彩蝶，彩蝶围着她不停地上下翻飞，她就像美丽的花仙子。这真是一幅美丽的图景！

伊娥高兴地唱啊跳啊，却不知道灾难正悄悄地来临。这个灾难的始作俑者就是奥林匹斯神山的主宰——万神之父宙斯。他有着强大的力量，闪电和霹雳是他的武器，这让他能呼风唤雨、排山倒海，万神之中没有一个是他的对手。但宙斯却是一个滥情的神，他总是很容易就爱上一个姑娘。他的现任妻子——万神之母赫拉生得十分美丽，所以宙斯就爱上了她，并把她娶为自己的妻子。

赫拉作为万神之母，也拥有十分强大的力量，她主管着人间的生育。但她的性格十分要强，且易怒，爱嫉妒。赫拉虽然了解宙斯花心的本性，但她仍然容忍不了这一点，因为，她认为这是对她身份地位的一种亵渎。尽管宙斯拥有比赫拉强百倍的神力，但他还是对她有所忌惮。

这天，宙斯独自一人在自己的神殿散步，无意间，他打开了可以看到人间的窗子，恰巧看到了正在翩翩起舞的伊娥。

“太美了！”宙斯不由得惊叹道，他马上对这个美丽的人间女子动了心，并决定马上展开追求攻势。

宙斯化作了一个英俊的男子，降临到伊娥面前，他深情款款地表白道："美丽的姑娘，这世上没有一个人配拥有你的爱情，唯有万神之父才配拥有，我就是万神之父宙斯，接受我的爱情吧，我会好好保护你的，我有这个能力。你看看我的闪电，你看看我的霹雳，你不觉得它们是最强大的武器吗？我可以为你赶走世上一切的恐怖力量，让你拥有世间最美好的幸福！快迈出你的脚步跟我走吧，我会带你去一个比这里美丽十倍的地方。"宙斯说完就深情地向伊娥伸出了双手。

但是伊娥被这突如其来的一幕吓坏了，平生还从来没有一个男子这么冒昧地跟自己表白过呢！

伊娥惊恐地转身就跑，丝毫不理会在后面紧跟的宙斯。她越跑越快，宙斯不得不紧跟着她飞跑了起来，但他很快就失去了耐心。他停了下来，拿出了自己的另一样宝贝——罗网，这是他经常使用的武器之一。尽管伊娥拼命地奔跑，但最终还是无济于事，她很快就陷入宙斯的罗网之中不能动弹。

就这样，柔弱的伊娥被宙斯给困住了。

这一切当然逃脱不了严密监视丈夫行踪的赫拉的眼睛，当她发现宙斯不在自己的宫殿时，就马上意识到丈夫一定又到人间去了。于是，赫拉也紧跟着降临人间。

宙斯早有预感，他刚把伊娥变成一头白色的小母牛企图瞒过赫拉的眼睛，就见赫拉已经怒气冲冲地站在了自己的面前。

尽管伊娥已变成了小母牛，但是形体的改变仍然掩饰不了她的美丽，她浑身仍然散发出一种夺目的光辉。

赫拉先看看美丽的小母牛，再看看宙斯不自然的表情，马上就明白了一切。

但聪明的赫拉明白：若马上揭穿真相，必定会惹怒宙斯，这样会适得其反。于是，她马上镇静下来，开始对这头美丽的小母牛赞不绝口，并希望宙斯把它送给自己。

宙斯当然不能拒绝她这样一个合情合理的要求，只好眼睁睁地看着赫拉牵着变成小母牛的伊娥一步步离开。此时，他心里悔恨极了，因为他太了解自己妻子的个性，她一定不会轻易地放过伊娥，而会严厉地惩罚她、折磨她。因为她一向把这视为对他的间接惩罚。宙斯决定要找个适当的机会把伊娥救出来，但暂时就只能委屈一下伊娥了。

赫拉在牵走伊娥后，果然就开始想一个周全的办法来对付自己的情敌，她当然不能平白无故地就杀了伊娥。因为，如果她那样做，尽管自己是万神之母，杀人也一定逃脱不了惩罚，这是神界的规定。最后她终于想出了一个办法，那就是把伊娥囚禁在一个隐秘的地方，并派合适的人监视她，让她不能自由地活动，以防她向外界传达任何求救信息，这样宙斯就永远也别想找到她。

但是谁最适合担当这个重任呢？这时她想起了阿瑞斯托耳的儿子阿耳戈斯。

阿耳戈斯是一个浑身上下长满眼睛的怪物，他可以日夜不停地监视着伊娥的行动，即使在晚上休息的时候，他仍然有一半的眼睛睁着。

从此伊娥就开始了悲惨的生活。白天，她在阿耳戈斯的严密监控下吃着青草，喝着污浊的河水，到了晚上，她还被阿耳戈斯用沉重的锁链锁起来，躺在冷冰冰、臭兮兮的地面上。所以，无论白天还是黑夜，她的一举一动都在阿耳戈斯的严密监控之下，就连一声轻微的叹息声也逃不过他的耳朵。

伊娥因自己的不幸遭遇十分伤心，她要远离这个讨厌的家伙，她时时刻刻都在苦想拯救自己的办法，并不停地祈祷逃跑的时机能尽快到来。

赫拉担心如果把伊娥一直囚禁在同一个地方，时间久了会

引起宙斯的注意,所以她特地吩咐阿耳戈斯每隔一段时间就把伊娥换个地方囚禁。但也正因为这样,苦苦等待的伊娥终于找到了可以拯救自己的时机。

有一年,伊娥发现阿耳戈斯把自己带到一个熟悉的地方,原来这里是她的家乡,这里的一切仍维持着原貌。她儿时经常嬉戏的小河还是那么欢快地流淌着,可自己的境况却完全不同了。但这一发现仍让她欣喜不已。

此时,她的心里腾升起一种强烈的愿望:一定要见到自己久别的亲人!

终于有一天,她看见了自己的父亲伊那科斯,此时的父亲看上去已苍老了许多,那满头的银丝见证了他多年来苦苦寻找宝贝女儿所受的煎熬。

正在伊娥心疼地看着父亲伊那科斯的时候,伊那科斯也看见了伊娥,当然他是绝对认不出她的,因为谁会想到自己美丽的女儿会变成一头母牛呢?但他还是忍不住向她多看了几眼。伊娥轻轻地在他身上蹭了两下,这个举动让伊那科斯觉得很奇怪,他还从没见过牛有这么亲热的举动。

这些年来,因为一直没出现什么差错,所以阿耳戈斯就稍稍放松了对伊娥的警惕。伊娥趁阿耳戈斯不注意,悄悄地用自己的蹄子在地上"写"出了一行字:"我就是伊娥,救救我啊,父亲!"

伊那科斯起初对这头小母牛的亲热举动就觉得奇怪,现在又看见她写下的这句话,马上就明白了一切。他老泪纵横,热烈地拥抱着自己失散多年的女儿，激动的心情无以言表。

但这一举动立刻引起了阿耳戈斯的注意，他马上跑了过来，粗暴地将伊娥从伊那科斯怀中抢了过来，然后火速带着伊娥离开了，伊那科斯远远地还能听到一声声凄惨的“哞哞”声。

身为凡人的伊那科斯既没有能力把美丽的女儿变回人形，更没有能力杀死可恶的阿耳戈斯救下可怜的女儿。他只好向神灵祈祷，他希望神灵能帮他救回自己心爱的女儿，使她尽早摆脱眼前的苦难。他非常虔诚，并宰杀了自己最美丽的一头母牛作为祭品。

宙斯在自己的宫殿里听到了伊那科斯的祈祷，当得知需要帮助的对象竟然就是自己一直在苦苦寻找的伊娥时，他异常惊喜。他急忙打开那扇可以看到人间的窗子搜寻伊娥的身影，不久，就看见了正在阿耳戈斯严密看管下的伊娥。她瘦多了，多年的苦难已让她憔悴不堪，看她这样，宙斯心疼不已。他得马上想出一个办法，结束她的苦难生活。

宙斯思前想后，最后决定把这一任务交给赫尔墨斯，赫尔墨斯是宙斯最心爱的儿子，他拥有着超群的智慧，宙斯相信聪明的赫尔墨斯一定会不辱使命的。

其实，宙斯更想自己去营救伊娥，但他不能去，因为那样很可能为伊娥招来更大的不幸。

就这样，赫尔墨斯很快来到伊娥受难的地方。他打扮成了牧羊人的样子，然后随手招来一群羊。就在离阿耳戈斯不远的地方，他开始吹起了自己随身带着的一支笛子。

这是一支古色古香的笛子，是工匠神赫菲斯托斯用最精致的材料制成，并作为礼物送给了赫尔墨斯的。后来，文艺女神赋予这支笛子优美的曲调，所以它能奏出世上最动听的音乐。

当赫尔墨斯的笛声刚刚响起，阿耳戈斯就被这优美的笛声吸引住了，他情不自禁地来到赫尔墨斯的身边。一曲终了，他又要求赫尔墨斯再给他演奏一遍，这正合赫尔墨斯的心意。因为他早已对笛子施加了魔法，任何人听了笛声都会慢慢地进入睡眠状态。阿耳戈斯也不例外，他很快就打了一个哈欠。

但阿耳戈斯是个忠于职守的人，起初，即使是在昏昏欲睡的状态中，他仍努力睁大他的另一半眼睛。然而这笛声是多么迷人啊，阿耳戈斯根本抵挡不住它的诱惑，那一半眼睛也最终陆续地闭上了。

在确信阿耳戈斯已经完全睡熟以后，赫尔墨斯迅速拔出了自己的宝剑，一下子就把他的头砍了下来。睡梦中的阿耳戈斯还来不及挣扎一下，就永久地沉睡了。

现在伊娥终于被解救了，她重新获得了自由。但是赫尔墨斯不知道怎样才能把她变回人形，而且他也不愿意过分触怒自己的母亲赫拉，所以他就不再向伊娥提供任何庇护。他把她单独留在人间，自己一个人回到了奥林匹斯神山向宙斯复命去了。

获救的伊娥尽管还保留着牛的外形，但她现在已经可以自由地奔跑了，她还是很高兴。

精明的赫拉很快就发现了这一切，她非常生气，她绝不会就这么轻易地放过伊娥，让她没有痛苦地生活下去的。于是，赫拉又让自己的另一个心腹化为一只牛虻，专门叮咬伊娥，伊娥走到哪，它就要跟到哪。

可怜的伊娥刚刚摆脱痛苦，现在又陷入另一个痛苦的深渊。这只牛虻很可恶，它专叮伊娥的尾巴没办法扫到的地方，这让伊娥几乎发了狂，她不停地奔逃，世界的所有角落几乎都留下过她的足迹，她希望通过这样的方法可以摆脱掉那只可恶的牛虻。

但是无济于事。绝望之中，她来到了埃及。在尼罗河河岸上，伊娥痛苦万分，她前腿跪下，用充满泪水的眼睛仰望着奥林匹斯神山，多年前曾承诺要保护自己的神现在在哪里呢？

宙斯此时也看到了伊娥，他为自己给伊娥带来的种种灾难而深感愧疚。宙斯明白如果不平息赫拉内心的愤怒，那么就永远也不能结束伊娥的苦难。于是宙斯找到赫拉，在她面前发誓，说他将永远放弃对伊娥的爱情，而且还澄清以前是他诱惑了伊娥，而不是伊娥诱惑了他，所以，她这样惩罚伊娥是不公平的。末了，他苦苦恳求赫拉就此罢手。

宙斯的这番说辞让赫拉动容，再看看伊娥痛苦的模样，她的心彻底软了下来，于是她召回了那只牛虻。宙斯马上来到人间，解除了对伊娥的魔法。这样，伊娥立刻就恢复了人形，她看上去仍然是那么的漂亮、那么的迷人，苦难不但没有让她的美丽减少半分，反而让她变得更加成熟，这使她有着别样的风韵。

宙斯已经对赫拉立下了誓言，所以只好忍痛离开伊娥。多年来，宙斯一直没有忘记过伊娥。他运用神念让伊娥怀上了自己的孩子，并亲自给孩子取名为厄帕福斯。厄帕福斯长大后掌握了埃及的政权。

厄帕福斯后来娶孟菲斯为妻，他们生了一个女儿，名叫利彼亚。据说利比亚这个地方就是以他们女儿的名字来命名的。

由于伊娥和厄帕福斯在埃及的威望很高，所以他们死后，就被当地的人民尊为神灵，伊娥是伊西斯神，厄帕福斯是阿庇斯神。

底比斯国王卡德摩斯

欧罗巴是今天欧洲大陆的名称，但最初它是一个姑娘的名字。

年轻的姑娘欧罗巴是东亚的腓尼基国的公主。有一天，她

在海岸边和女伴们玩耍，被天上的宙斯看到了，宙斯一下就喜欢上了她，于是把自己变成头上长着弯月形角的漂亮的白色公牛。这头公牛来到海岸边，卧倒在沙滩上，恰好就躺在欧罗巴的身边。

欧罗巴被这头漂亮的白色公牛迷住了，慢慢走近它，摸摸它的头，拍拍它的肚子。公牛似乎很高兴，还把头微微转向了她。欧罗巴一点都不怕它，最后干脆坐到它宽大的牛背上，用手握住了牛角。这时，公牛忽然跑了起来，跳进水里，游过海洋。

宙斯驮着欧罗巴从亚洲来到克里特岛，并派了怪物塔洛斯保护欧罗巴。在岛上，宙斯和欧巴罗生了一些孩子。

卡德摩斯是腓尼基国王阿革诺耳的儿子，美丽的欧罗巴的哥哥。

宙斯变形为公牛拐走了欧罗巴，阿革诺耳非常伤心，因为欧罗巴是他最为疼爱的小女儿，现在宙斯把她拐走了，就等于在他心头割去了一块肉。于是，阿革诺耳急忙派卡德摩斯和其他三个儿子一起外出寻找，并告诉他们，如果找不到自己的妹妹，就不用再回来了。

卡德摩斯他们兄弟四人决定分头寻找。

卡德摩斯出门以后就不停地东奔西走，但始终打听不到有关妹妹欧罗巴的半点消息。最后，他决定放弃了，但是父亲严厉的告诫让他不敢回到故乡。

这样一个茫茫的大千世界，哪里才有自己的安身之地呢？

他感到很茫然，于是请求太阳神阿波罗赐给他神谕。

阿波罗很快就给了他一个提示，他说：“卡德摩斯，你将会在一块孤寂的牧场上遇到一头没有套上轭具的牛，它会带着你一直向前走。它躺下来休息的地方，就是你以后建城的地方，这座城市建好后，你就把它命名为‘底比斯’。”

卡德摩斯对这个神谕将信将疑，在这么一个飞鸟都不会经过的偏僻地方，怎么可能遇到什么牛呢？但当他向前没走多远时，奇迹偏偏就出现了。他果然看到前面的绿草地上，一头没有轭具的母牛正在悠闲地吃着草。

卡德摩斯激动极了，他这才相信神的旨意。他朝着太阳神阿波罗所在的方向深深地鞠了一躬，向他表示自己的感谢，随

后就向母牛走去。母牛仿佛认识他似的，看见他走过来，就领着他不紧不慢地一步步向前走。

母牛领着他蹚过了凯菲索斯浅流后，就站在岸边停住了脚步。只见它抬起头“哞哞”地叫了两声，回过头还看了看跟在后面的卡德摩斯和他的随从，随后就一脸惬意地躺在了柔软的草地上，仿佛在说：“目的地到了，我也该歇歇了，这里就是神灵让我带你们到达的地方。”

卡德摩斯满怀着感激之情跪倒在地上，并亲吻着这片陌生的土地。

这是一块多么肥沃的土地啊！

卡德摩斯相信，不久的将来，他一定可以让他的臣民过上富足的生活。

这时他忽然想起应给万神之父宙斯贡献一份祭品，略表一下自己的谢意。但是他离开他父亲的王国已经很久了，没有祭祀用的牲畜，怎么办？

卡德摩斯抬起头看了一下四周，欣喜地发现附近有一片无人的古老森林，一股清莹的泉水从中欢快地涌出，在阳光的照射下反射出迷人的光彩。他觉得这是供奉神灵的理想祭品，遂派他的仆人到泉眼去取来水，以供神祇品饮，因为那里的水是最洁净的。

卡德摩斯不知道，在这片罕有人至的森林里隐藏着一条毒龙，它有着闪闪发光的紫红龙冠，像灯笼一样大而红的眼睛，一眼望不到尽头的庞大身躯。它的口中能同时伸出三条芯子，犹如海神的三叉戟。最令人恐怖的是，它的嘴里满是闪着幽幽的蓝色光芒的毒涎。

多年来，这头毒龙一直居住在这里，并把这股清泉当成了不可被侵犯的私有物。所以，当卡德摩斯的仆人们走近山泉，正要把水罐沉入水中打水时，这头被惊扰的毒龙马上从洞中伸出了脑袋。

仆人们看见突然出现的巨龙，吓得连水罐都捧不住了，浑身的血液也仿佛在那一刻凝固了，他们就那样呆呆地站着，一动不动。

毒龙看清前来侵犯的是几个手无寸铁的人，马上兴奋地把身体盘成一团，在它眼里，他们就是送上门的一顿丰盛的大餐。只见它高昂着头，凶狠地俯视他们，然后飞快地向他们飞过去。这几个可怜的人还没能做出任何反抗，就全部被毒龙杀死了。

卡德摩斯等了很久，仍不见仆人们带着他的祭品回来，他很纳闷：这段路程应该不会很远啊。

卡德摩斯又焦急地等了一会儿，可还是不见他们回来。失去耐心的他决定亲自去寻找他们。卡德摩斯身披狮皮，手执长矛和标枪，带着一颗无比勇敢的心就进树林了。

卡德摩斯一进入树林，就看见几具尸体横七竖八地躺在地上。待他走近，定睛一看，竟全是他的仆人，而那条可恶的毒龙正得意地吐着血红的毒芯子，舔食着遍地的尸体。

“我可怜的朋友们啊！”卡德摩斯异常悲痛地大喊道，“我

要杀了这条龙为你们报仇，否则宁愿跟你们死在一起！”

说着，他举起一块大石头就朝着巨龙猛砸过去。这样一块巨石，要是砸在城墙或塔楼上，肯定也会留下一个大窟窿。可是，毒龙竟然毫发无损，它还得意地扭动了一下自己的身体。

卡德摩斯很快发现是它那坚硬的鳞甲，如同铁甲一样保护着它。他这才想到随身带着的标枪，于是拔出标枪狠狠地向巨龙刺去。

锋利的枪尖深深地刺入恶龙的体内，巨龙感到阵阵剧痛袭来，它愤怒地扭过头，将露在外面的标杆咬了个粉碎，但锋利的枪尖仍然留在它的体内，鲜红的血液顺着伤口不断地涌出。

这彻底激怒了恶龙，它没想到一个小小的人类竟能把自己伤得这么重，它迅速展开了回击。只见它张开了自己的巨口，喷吐着含有剧毒的白色泡沫，像一支离弦的利箭直向卡德摩斯扑来。

卡德摩斯连忙后退，他用狮皮裹紧自己的身体，然后把长矛奋力地刺进毒龙张开的大口之中，恶龙却一口咬住了长矛。

卡德摩斯使出浑身的力量抽出长矛，只见毒龙的牙齿随着长矛的抽动纷纷掉落。

这一下，毒龙的嘴巴里不断涌出鲜红的血水，但由于不是致命伤，它还能灵巧地躲避攻击。

卡德摩斯和它又激烈地搏斗了很久，最后，越战越勇的卡德摩斯紧握宝剑，瞅准时机，一剑刺向毒龙的脖颈。这一剑刺得又准又狠，它刺穿了毒龙的脖颈，并一直捅到毒龙背面的一棵大栎树里。就这样，毒龙被死死地钉在了树干上，它挣扎了一下后，终于不甘心地闭上了眼睛。

卡德摩斯虽然杀死了毒龙，但由于体力损耗也很严重，他浑身疲软地靠在一棵树上休息了好一会儿。当他准备离开的时候，却惊奇地发现雅典娜正含笑站在他的身旁。

雅典娜先是赞美了他的英勇，然后命令他取下毒龙的牙齿，并将它们播种在肥沃的泥土里。因为，这是他未来族人的种子，他们中间最英勇的人将会帮助他建国。雅典娜说完就在他眼前消失了。

卡德摩斯谨遵女神的旨意，他先在地上挖了一个宽阔的大沟，然后把龙牙小心翼翼地撒入沟内，再用土掩埋上。

一会儿工夫，卡德摩斯就听见泥土下面有响声，上面的泥土也开始松动。他惊奇地看到一杆长矛的利尖从土里露了出来，然后又看到一顶武士的头盔从土里冒了出来。不久，武士的肩膀、胸脯和四肢都露了出来。最后，一个全副武装的武士赫然出现在卡德摩斯的面前。

之后，一个又一个的武士从土里钻了出来。

不一会儿，地面上出现了一整队全副武装的武士。他们的矛尖在阳光下闪闪发光。

卡德摩斯大吃一惊，他连忙摆开了架势，准备投入新的战斗。可是最先出来的那个武士对他喊道："千万不要参加我们兄弟之间的战争！"话音刚落，他就挥动手中的长矛，向最后

从泥土中出来的一位兄弟狠狠地刺去，而他自己又被另一位兄弟用长矛刺倒在地。

一时间，所有的武士都加入了这场恶战。战斗到最后只剩下了五个人，他们中的一个人率先放下武器表示和解，其他四人也纷纷放下了武器。

腓尼基王子卡德摩斯后来就在这五位武士的帮助下建立了一座叫底比斯的新城市。这完全是按照太阳神阿波罗的神谕来做的。

后来，众神为鼓励卡德摩斯，就把爱与美的女神阿佛洛狄忒的女儿哈墨尼亚嫁给他。哈墨尼亚可是一位招人喜爱的美丽姑娘。他们结婚时，众神都参加了，每位神还送上了一份珍贵的礼物。

几年后，卡德摩斯和哈墨尼亚生了一个女儿，他给女儿取名为塞墨勒。塞墨勒长大后，也是一位十分美丽的姑娘，宙斯

对她十分爱慕。赫拉嫉妒宙斯对她的宠爱，于是就故意诱导塞墨勒，让她请求宙斯显露一下神的威仪，以示对她的宠爱。单纯的姑娘没有识破赫拉的诡计，而她也确实想见识一下天父的神威。于是，塞墨勒就强烈请求宙斯展示神威。

宙斯经不住姑娘的苦苦哀求，便无奈地答应了姑娘的请求。当他驾着雷电，手持着王杖来到了姑娘的身旁时，悲剧发生了。塞墨勒由于忍受不住雷电的强大威力，悲惨地死去，但她临死前给宙斯生下了一个孩子，取名为狄俄尼索斯，也叫巴克科斯。

宙斯把孩子交给塞墨勒的妹妹伊诺抚养，孩子长大后，宙斯就把他封为了酒神，以作为对他母亲的补偿。伊诺后来带着

自己的儿子墨里凯尔特斯在躲避丈夫阿塔玛斯的追杀时不幸失足落海。幸运的是，海神波塞冬将母子俩救了上来。最后，他们母子也成了救助溺水人的海神。

卡德摩斯的其他几个子女也生活得很不幸，他和妻子哈墨尼亚为子女们的不幸深感哀伤，于是双双前往伊里利亚潜心修行，希望能为子女们修得一些福气，最后他们进入了天堂。

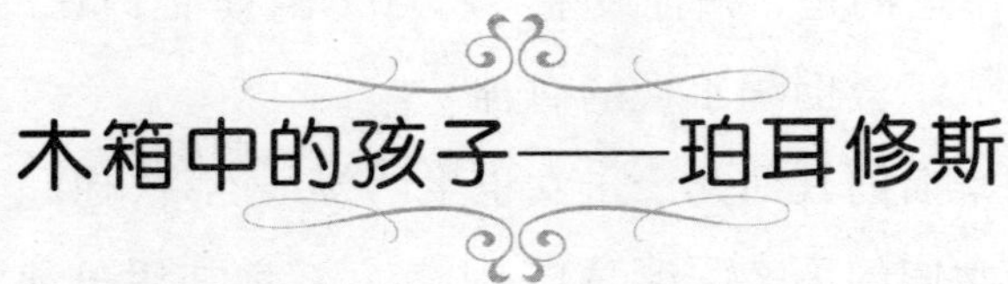

木箱中的孩子——珀耳修斯

珀耳修斯是一个装在箱子里的孩子。他原本是天父宙斯和达那厄的儿子。达那厄是亚各斯国王阿克里西俄斯的女儿。

在珀耳修斯出生前，他的外祖父阿克里西俄斯就得到了一则奇怪的神谕，说他的外孙将会杀死他。阿克里西俄斯不愿意这个神谕成为事实，所以在珀耳修斯出生后，就把他和他的母亲装在一只箱子里，然后，把他们投进大海，他是希望大海能帮自己收走这对母子的生命。

宙斯在自己的圣山上看见了这一切，他保佑着在大海中漂流的母子，让他们能顺利躲过风浪的侵袭。最后，他们终于平安地漂到塞里福斯岛，并在靠近海岸的地方停了下来。

塞里福斯岛上住着两兄弟，即狄克堤斯和波吕得克忒斯，他们是这里的统治者。

这天，狄克堤斯正在海边打鱼，突然看到岸边停着一只木箱，就连忙把它拉上海岸。狄克堤斯打开木箱一看，里面居然有一个美丽的女人，她身边还躺着一个可爱的婴孩。

狄克堤斯十分欣喜地把他们母子带回自己家中，兄弟二人在得知他们母子俩的遭遇后十分同情，便收留了他们。

后来，波吕得克忒斯娶了达那厄为妻，并把珀耳修斯当作自己的亲骨肉一样抚养。珀耳修斯长大成人后，他的继父希望他能够建功立业，于是鼓励他外出闯荡。

初生牛犊不怕虎，无畏的小伙子决心砍下女妖美杜莎的人头，把它带回塞里福斯交给继父，作为自己建功立业的开始。

美杜莎是众怪之父福耳库斯的女儿，她头上长满了蛇，最可怕的是，凡是和她眼睛对视的人都会马上变成一块石头。她还长着一双有力的金色翅膀和一双坚硬如铁的手，这双手可以在几秒钟内把人撕成碎片。险恶的美杜莎正盘踞在一个岛上，威胁着过往的船只。为了保命，人们不得不绕很远的海路来躲开她。对这个凶狠的怪物，人们既害怕，又憎恨。

所以，珀耳修斯决定以取得美杜莎的人头作为自己人生的第一项伟业。主意既定，他简单地整理下行装就出发了。

众神首先引导他来到可怕的众怪之父福耳库斯居住的地方。珀耳修斯在那里最先遇到了福耳库斯的三个女儿：格赖埃三姐妹。

格赖埃三姐妹是三个怪物，她们的满头白发是天生就有的，而且三个人共用一只眼睛，一颗牙齿，需要轮流着使用它们。珀耳修斯首先夺走了她们必不可少的牙齿和眼睛，威胁她们告诉自己拥有宝物的仙女们的住处。因为神事先告诉他，这些仙女有几样宝物：一双飞鞋，一只神袋，一顶狗皮盔。有了这几样宝物，就算是个凡人，也可以随心所欲地飞翔，而且还可以隐身。这是他战胜美杜莎必不可少的武器。

格赖埃三姐妹为了讨回自己的眼睛和牙齿，只好给他指路。

到了仙女们的住处，珀耳修斯讲明了自己的来意，仙女们很慷慨地把那三件宝贝送给了他。

珀耳修斯有了这些宝贝，如虎添翼，他很快就向美杜莎所在的岛屿飞了过去。

这时的美杜莎正在睡觉，只见她的头上盘满了蛇，粗壮的獠牙暴露在嘴外。为了不至于变成僵硬的石头，珀耳修斯背过脸去，不看熟睡中的女人，然后用光亮的盾牌作镜子，清楚地看到美杜莎的脖子。后来，雅典娜出现了，在她的指点下，珀耳修斯顺利地割下了美杜莎的头。

珀耳修斯小心地把美杜莎的头颅塞在背上的神袋里，离开了那里。

为躲避美杜莎姐姐们的追杀，他戴上了仙女的狗皮盔，顺利地躲过了跟踪和追捕。不过在他飞过利比亚沙漠时，突然遇到了狂风袭击，他被吹得左右摇晃。装在神袋里的美杜莎的脑袋在剧烈的摇晃中落下了滴滴鲜血，这些鲜血落到地上，就变成了各种各样的毒蛇。我们今天的蛇类就是从那时候出现的。

珀耳修斯一路飞行，后来他来到国王刻甫斯统治的埃塞俄比亚的海岸边。

在这里，珀耳修斯看到一个年轻的姑娘被捆在一块露出海面的巨石上。只见姑娘美丽的脸庞上布满了恐惧的神色，晶莹的泪水沿着她那娇嫩的脸颊流个不停。

珀耳修斯很是同情，便问道："美丽的姑娘，你是谁，为什么会被束缚在这里？你的难言之隐可不可以向我诉说？"

姑娘看见眼前的陌生人，起初她根本不愿意搭理他，但听他最后的几句话是真的在关心自己，姑娘流着泪水，断断续续地说："我本是埃塞俄比亚国王刻甫斯的女儿安德洛墨达。我的母亲曾向外宣扬说海神的女儿，即海洋的仙女们都没有我漂亮，这话很快就传到海洋仙女们的耳中，她们听了十分恼怒。于是，她们请她们的父亲海神发洪水把我父亲的国家都给淹没了。后来，海神又派来了一个妖怪，说要吞食我们所有的人民。

"神谕宣示：如果想躲过这场灾难，必须得牺牲一个人，那就是国王的女儿——我，将我献给妖怪就可拯救整个国家。

国民为了逃过这个灭顶之灾，纷纷请求我的父亲把我献出，拯救全国。没有办法，父亲只好下令将我锁在这里，作为给妖怪的祭品。”姑娘的话音刚落，平静的海面顿时恶浪滔天，一个庞然大物从海水中钻了出来。

这是怎样的一个妖怪啊！只见它那宽阔的胸膛几乎将整个海面都要遮住了。

姑娘见状，脸上立刻现出惊恐的表情，她不禁发出一声尖叫。她的父母听见女儿的尖叫声，迅速从一个隐蔽的洞穴里跑了出来。他们看到了那个妖怪，知道女儿大祸临头，万念俱灰。她的母亲更是因为愧疚露出了痛苦的神情。他们不知道怎么办才好，绝望之余只好哭成一团。

珀耳修斯这时小声劝解道：“二老请放心！我是宙斯的儿子，名叫珀耳修斯，我一定会将这妖怪降伏的。不过，要是我将你们的女儿救出，请允许她做我的妻子。”

绝望的父母以为自己的女儿必死无疑，现在听说有人愿冒生命危险来救她，他们欣喜若狂。结果，他们不仅答应了珀耳修斯的请求，还承诺要

把整个国家作为自己女儿的嫁妆送给他。

这时，妖怪已近在眼前了，它仿佛已经意识到眼前的这个年轻人会抢走自己到嘴的食物，于是它非常凶狠地向珀耳修斯发动了攻击。

珀耳修斯见状连忙飞身一跃，而后，他犹如一只健硕的大雕，从高空俯冲下来，并迅速拔出那把杀死美杜莎的利剑，狠狠地向妖怪的脊背刺去。

这虽然不是致命的一击，但难忍的疼痛让妖怪愤怒不已，它用它那粗壮的尾巴奋力地一击，海面上顿时掀起了一层巨浪，它企图把珀耳修斯掀到海底，但却被珀耳修斯灵巧地躲开了。珀耳修斯凭借自己矫健的身手频频刺中妖怪，直到它口吐鲜血而死。

珀耳修斯立马飞到姑娘身边，解开禁锢着姑娘的锁链，并把她送到她父母亲的身边。

团聚一家人喜极而泣，他们对自己的救命恩人一再地表示感谢。国王很快就履行了自己的承诺，他一回到自己的王宫，就开始张罗盛大的婚礼，并宣布要把自己的王位交给珀耳修斯。可就在婚礼热闹地进行时，突然从王宫外面传来打闹声，接着一个人闯了进来。这个人就是国王刻甫斯的弟弟菲纽斯，他还带来了几百号武士。

原来，在安德洛墨达未出事之前，他曾追求过她，可当她落难时，他却像个缩头乌龟一样躲了起来。当他听说安德洛墨达已安然无恙地被救了回来，并要嫁给她的救命恩人时，他很不甘心，于是就带着武士直闯王宫。菲纽斯冲过侍卫，挥动着长矛来到婚礼大厅，只见他对着珀耳修斯嚷道："你必须马上从这里消失，这里的一切都是我的，即使你的父亲是宙斯，你也不能抢走我的未婚妻，否则我要杀了你。"说完他就摆开了架势。

国王刻甫斯"噌"地从座位上站起来，呵斥道："你住嘴！"接着，国王骂道："你这个无耻的小人，你没有资格站在这里说话。不是珀耳修斯抢去了你的未婚妻，而是你自己抛弃了她。当我可怜的女儿受难时，你在哪里呢？现在倒好，当她平安得救，你却要杀她的救命恩人！"

菲纽斯满脸通红，被噎得说不出一句话来，他自知理亏，索性就不再讲理。他仍用仇视的眼光盯着他的兄长和情敌，好像在思考先对付哪一个。

最终，他用尽全力把矛朝珀耳修斯掷去。他并不是一个很好的抛矛手，长矛根本没有伤到珀耳修斯一丝一毫，而是偏向一旁，扎在了垫子上。

这时该珀耳修斯出手了，只见他乘机腾空飞起，悬在半空的他火速拔出标枪向菲纽斯掷去，可惜也被躲过了。菲纽斯的武士见状马上行动起来，他们一拥而上，把珀耳修斯和国王一家团团围住。因为是女儿的大喜之日，所以国王并没有安排很多的武士，只有少数随从。尽管他们奋力反抗，但始终处于下风。

正在菲纽斯以为稳操胜券时，他忽然听到珀耳修斯大叫一

声:“我的朋友们,请立刻闭上你们的眼睛。”说完,他就取出女妖美杜莎的首级向迎面冲来的武士伸去,不知情的武士一个个向这边看来,立马都变成一块块坚硬的石头,几百号武士无一幸免。

这时的菲纽斯惊恐极了,他苦苦哀求珀耳修斯饶了他,并发誓以后再也不作恶了。可珀耳修斯根本不相信他的话,“你这个无耻之徒,”珀耳修斯怒骂道,“我将在此为你建一座永久的纪念碑!”

随后,他把美杜莎的首级举到菲纽斯的眼前,菲纽斯无处躲闪,立马就见一道刺目的光芒向自己射来。菲纽斯随即就感到自己垂下的手僵硬了,然后是自己的脚,接着自己身体的其他部位也在迅速石化。

菲纽斯神色惊恐，再也没有了往日骄横的模样，他垂着双手站着，就这样永远地站在了这里。

珀耳修斯终于可以带着美丽的妻子安德洛墨达返乡了。最后，他找回了自己的母亲达那厄，一家人终于得以团聚，他的幸福生活开始了。

但好景不长，就像那个神谕说的，他仍会给外祖父阿克里西俄斯带来灭顶之灾。

话说他的外祖父害怕神谕成真，就独自一人悄悄地逃亡到了彼拉斯齐国王那儿。而珀耳修斯遵照母亲的旨意正准备到外祖父的亚各斯王国去问候他，也正好路过彼拉斯齐国王的国家。

当时那里正在举行一场盛大的比武仪式，而珀耳修斯又天性尚武，这种绝佳机会，他当然不会错过。珀耳修斯随手抓过一块铁饼扔了出去，他想一展自己的身手。不料，铁饼却正好打中了也在那里凑热闹的外祖父。后来，他才得知他失手杀死的人就是自己的外祖父，珀耳修斯很悲伤，并亲自将外祖父的遗骸葬在城外。从此，命运女神停止了对珀耳修斯的诅咒。

后来，安德洛墨达为珀耳修斯生了很多优秀的儿子，他的幸福生活又重新开始了。

代达罗斯的得与失

雅典的代达罗斯是墨提翁的儿子，厄瑞克透斯的曾孙，也是厄瑞克族人。代达罗斯是一位伟大的建筑师和雕刻家，他的作品在世界各地都广受欢迎。他雕刻的石像栩栩如生，人们都称赞他的雕像是具有灵魂的创造物。

代达罗斯的高超技艺给他带来了无上的荣誉。但是，他却有两个致命的缺点，那就是爱虚荣和爱嫉妒。这些缺点常常使他犯错误，使他的境况变得很糟糕。

代达罗斯有个外甥，名叫塔罗斯。塔罗斯天资聪慧，在他还是孩子的时候，就已经发明了陶工旋盘。他还能用蛇的颌骨做成一把锯子，用来锯小木板。

后来，他把两个铁杆的一端固定在一起，让其中一个铁杆不动，另一个铁杆围绕它转圈，就这样，早期的圆规出现了。

除了这些，塔罗斯还独立发明了许多其他的工具，给当地的人们带来很大的帮助。

所以，塔罗斯在很小的时候就拥有了许多荣誉，别人都认为他是一个天才。

这个天才般的孩子塔罗斯仍很好学，他从小就仰慕自己的舅舅代达罗斯。当他提出向代达罗斯学艺时，代达罗斯并不高兴，担心他的外甥有朝一日会超过他。每当想到这种可能时，他的胸中就会燃起一股熊熊的嫉妒之火。他要避免这一天的来临。

终于，代达罗斯寻到了一个机会，把塔罗斯从雅典卫城的城墙上推了下去……

法网恢恢，当一切水落石出后，代达罗斯受到雅典最高法庭——阿瑞俄帕革斯法庭的审讯，最后被判谋杀罪。

为了逃避惩罚，代达罗斯带着自己的儿子畏罪潜逃了。几经周折后，他们逃到了克里特岛。

克里特岛的国王弥诺斯很欣赏代达罗斯的技艺，聘请他为御用的宫廷师，让他享受锦衣玉食的生活。

国王给代达罗斯委派了一项任务，要他给牛首人身的怪物弥诺陶洛斯建造一座高级的豪华迷宫，里面的无数过道要条条迥异，个个蜿蜒迂回。

代达罗斯虽然虚荣心和嫉妒心很强，但他仍不愧是一位杰出的设计师。他用了一年的时间潜心来完成这个任务。最后，一座设计精妙、无懈可击的迷宫终于落成了，这就是著名的“弥诺陶洛斯迷宫”。据说，代达罗斯在迷宫完工后自己都差点出不来了。

这座迷宫受到国王的高度赞赏，他给了代达罗斯更多的

荣誉。

代达罗斯的虚荣心得到很大的满足，他也不用再嫉妒任何人，但他仍在遭受思乡之苦，克里特岛再好，也不能和家乡相提并论。而且，他很快就觉察到国王的虚伪。所以，代达罗斯决定带伊卡洛斯一起离开这里。

国王极力劝阻，因为他想把代达罗斯留在这里为自己建造更多精巧的建筑。为防止代达罗斯逃跑，国王封锁了所有的海河和陆地。

但这些并没有难住代达罗斯，经过一番思考，他觉得可以从未设警戒的空中逃走。这真的是一个伟大的设想！他开始收集整理长短不一的羽毛。然后，他把这些羽毛用麻线连在一起，并用蜡封牢，最后，制作成一对巨大的翅膀。这个精巧的艺术

品看起来就像真的鸟翼一样。

每当代达罗斯忙碌的时候，他的身旁总会出现一个小小的身影，他会时不时地用小手轻轻抚摸快成形的翅膀，颠着小脚跑去拾被风刮走的羽毛。孩子的这些可爱举动多么招人喜爱啊！代达罗斯非常喜欢这个孩子，这孩子就是他的儿子伊卡洛斯。

代达罗斯也给儿子特制了一对小型的翅膀，又教导他如何操纵。

在这一切完成之后，他们还偷偷地实验了几回，发现他们完全可以像鸟一样轻易地飞上天空。

一切都准备妥当后，他们决定出发。在起飞前，代达罗斯严肃地告诫自己的儿子：一定要在半空中飞行，因为飞得太低，羽翼会因触碰到海水而变得湿重，严重的话会落入海中；而飞得太高，羽翼会因太靠近太阳而被引燃。

代达罗斯心里总有一种不祥的预感，他把羽翼给儿子缚上双肩后，热烈地拥吻了一下儿子。

然后，父子二人扇动着翅膀向高空中飞去，父亲在前，儿子在后，代达罗斯就像一只老鸟带着初次飞行的小鸟一样。他小心地在前面引路，还不时地回头注意儿子的行踪。儿子看起来很谨慎，他于是放下心来。

就这样，他们顺利地依次飞过达萨玛岛、提洛斯和培罗斯。可是，飞行的顺利让伊卡洛斯骄傲起来，他将父亲的告诫抛诸脑后，渐渐偏离了原来的飞行轨道，他向高空飞去。由于

伊卡洛斯离太阳很近，炽热的阳光融化了粘贴翅膀的蜡，翅膀上的羽毛纷纷掉落。一瞬间，可怜的孩子只来得及用双手在空中画出一个绝望的姿势，就一头栽进了汪洋大海。

代达罗斯再次回过头来察看儿子的飞行状态时，却看不见儿子的踪影，他焦急地在高空中呼喊儿子的名字，但空中除了他的回声以外，什么都没有。代达罗斯绝望地在空中盘旋了几圈，最后他把视线移到海面搜寻，惊恐地发现海面上漂浮着许多白色的羽毛。

代达罗斯连忙俯冲下来，降落在一座海岛上，他心急如焚地找着，最后发现了被汹涌的海浪卷上来的儿子的尸体。

代达罗斯悲痛欲绝，可他无可奈何，只好在岛上掩埋了儿子的尸体。因为这个海岛上埋葬着伊卡洛斯，人们把这个海岛叫作伊卡利亚。

失去儿子的代达罗斯虽然很伤心，但他必须继续前行。最后，他来到国王科卡罗斯统治的西西里岛。

国王科卡罗斯早就听闻代达罗斯技艺超群，所以他深受国王的欢迎。那里的人民领略了他杰出的设计后，对他敬佩有加，十分爱戴他。

代达罗斯来到这里后，先大修水利工程，将泛滥成灾的河水畅通地引入大海。接着，他为国王在一个陡峭的山岩上修建了一个城堡，这个城堡易守难攻，固若金汤。国王后来用这座城堡存放自己的奇珍异宝。他又从地面上深挖出一个大洞，巧妙地从洞中取出地下熔岩的热气，让整个小岛仿佛置身于一个无形的巨大温室之中。另外，他还为阿佛洛狄忒女神修建了神庙。这个神庙建得很奇特，它完全是用金块打造的，外形就像一个巨大的蜂窝，十分逼真，来祭拜的人都称赞代达罗斯的这一杰作巧夺天工。

克里特岛的国王弥诺斯听说代达罗斯在为西西里岛的国王效劳，他震怒了，决定不惜用武力把代达罗斯抢回来。他很快就准备了一支装备精良的舰队，浩浩荡荡地向西西里岛进发了。

在西西里岛的海岸边，弥诺斯先派出一名使者上岛，要求国王科卡罗斯主动交出代达罗斯，不然，他将会击垮整个岛屿。

科卡罗斯并没有轻易妥协，他内心立马就生出一计。于是，他让使者回去传话，说要和弥诺斯友好协商。

弥诺斯以为自己的话已震慑住科卡罗斯，于是欣然前往。他刚走进科卡罗斯的宫殿，就被从未见过的温室给吸引住了。当科卡罗斯邀请他先洗个温水澡以解乏时，他竟毫无戒心地答应了。可是，就在他沉浸在温暖的极乐世界中时，科卡罗斯立马命令手下加大火力……贪图享受的弥诺斯被烫死在沸水之中。

弥诺斯死后，科卡罗斯就向外宣称，弥诺斯是自己在洗澡时不幸溺死的。克里特岛的士兵在阿格里根特城郊厚葬了弥诺斯，并在他的坟墓旁新建了一座阿佛洛狄忒神庙后就离开了。

就这样，代达罗斯高枕无忧地受着科卡罗斯的盛情款待。

感受到国王的真诚接待，代达罗斯也就安心地住了下来，他在这里培养了多位著名的艺术家，他是西西里岛建筑和雕刻艺术的奠基人。但对于儿子的离去，他一直耿耿于怀，特别是在凄凉的晚年。

最后，这位声名远播的艺术家客死在西西里岛。

罪恶的坦塔罗斯

坦塔罗斯是宙斯在人间的一个儿子，宙斯将吕狄亚的西庇洛斯交由他统治，他的富有人神尽知。

由于他特殊的身份，虽然他是人类，众神仍对他十分敬重。众神们讲话从不回避他，他更是可以频繁地和宙斯一起用餐，人间少有的荣耀他都可以轻易地享有。

但他的行为与他的身份严重不符。他喜欢向人间的朋友夸耀，还泄露众神的隐私，并以此为笑料而大加嘲弄众神。他还喜欢偷窃众神的宝贝，分给人间的狐朋狗友。他甚至连别人在宙斯神庙里偷来的金狗也不放过，将其据为己有。

坦塔罗斯不仅品德不好，还很残忍。

一天，他邀请众神到家里聚餐，仅仅是为了试探一下众神是否真的是未卜先知，他竟命人残忍地杀死了自己的亲生儿子珀罗普斯。款待众神的那桌“美味”就是用可怜的小珀罗普斯的肢体做成的。

其实，在“美味”被端上桌的瞬间，众神已识破了真相，

除了谷物女神因为心不在焉尝了一块肩胛骨，其他的众神都把孩子的肢体放进了桌下的盆子里。

后来，命运女神克罗托将这些被丢弃的肢体取出，她施了魔法后，男孩立刻就复活了。唯一的缺憾是，他的肩胛骨少了一块，命运女神就用一颗象牙填补了那个缺口。

可恶的坦塔罗斯因为此事触怒了众神，他被打入到阴森森的地狱。在那里，他再也享受不到以往的礼遇，面临的将是对死亡的恐惧。

众神用沉重的锁链将他捆绑在一个湖里，水波荡漾的湖水能触及他的下巴，但就是到不了他的口中。已几天滴水未进的

坦塔罗斯此时干渴得几近发狂。

当然，他的身体是可以活动一下的，但只要他俯下身子去喝水，水位立马下降；当他站起身子时，水位又立马恢复。

不仅如此，众神还惩罚他永世饥饿难忍。在他身后的湖岸上长满果树，有汁水饱满的梨子，有色泽鲜艳的苹果，有鲜艳欲滴的石榴……总之，果树上的果实应有尽有。果实压弯了树枝，吊在他的周围。但他也只能眼馋罢了，每当他回头想摘下一些慰劳一下干瘪的肚皮时，它们都被一阵大风吹走了……

这还不够，众神在他的头顶悬了块随时都可能掉下来的巨石，这又让他离死神更进了一步。

罪恶滔天的坦塔罗斯因为蔑视神祇，将在这无情的地狱忍受着这三重折磨，过完他的残生，这也是他咎由自取的。

幸运儿珀罗普斯

惨遭父亲坦塔罗斯杀害而被众神灵拯救的珀罗普斯，十分感念神祇的再生之恩，而且他亲眼看见了父亲目无神灵的可悲下场，所以，他在对众神灵感激的同时，也增添了一种敬畏之情。

众神灵对他也格外地爱护，总是在暗地里保护着他。

在坦塔罗斯被惩罚期间，邻国的国王伊洛斯因贪恋西庇洛斯丰沃的国土，趁机攻打西庇洛斯，并把可怜的珀罗普斯赶到了希腊。

在希腊逗留的日子，珀罗普斯听说伊利斯国王居然在为女儿希波达弥亚选婿，这个振奋人心的消息让珀罗普斯半刻也不想在希腊停留。

原来，珀罗普斯从小就爱慕希波达弥亚，并发誓要娶她作为自己的妻子。但是，伊利斯国王俄诺玛诺斯曾经得到过一个预言，说女儿的婚姻会给他带来毁灭性的灾难。俄诺玛诺斯也是一个虔诚信神的人，因此，在女儿长大以后，他就千方百计

地阻挠前来向他女儿求婚的人。

珀罗普斯原本以为自己已没有机会实现小时候的誓言了，可没想到伊利斯国王后来又不愿耽误女儿的一生，于是就让人四处张贴告示，说他招婿的条件只有一个，那就是谁要能在赛车场上胜过他，谁就可迎娶他的女儿，但败者就得杀头。

不管怎样，珀罗普斯觉得自己的机会来了。他听说国王规定，比赛要从比萨一直到达哥林多海峡处的波塞冬神坛。

国王还规定，比赛开始后，应招者驾着四马赛车先走，他给宙斯献祭后，就会策马追赶。若他追赶上了应招者，就有当场将其杀死的权利。

前来参加竞赛的人虽然听说了这个苛刻的条件，但都不在乎，因为他们仰慕希波达弥亚的绝色美貌已久。还有一个原因就是，他们认为老国王之所以做那个决定，是想掩人耳目，为自己的年老体衰找一个冠冕堂皇的理由。这样认为后，他们毫不犹豫地答应了国王的要求，并受到国王的盛情款待，每个人还得到一辆装饰得很漂亮的四马赛车。

比赛开始后，这些应招者就驾着马车向前急驰。而国王则按规定去给宙斯献祭了，只见他的表情镇定自若，一副成竹在胸的模样。献祭后，他立即跨上一辆只有两匹骏马的轻便车向前奔去，但别小看这两匹马，它们的速度却迅如闪电！

国王很快就赶上前面的应征者，并残忍地杀死了他们。

珀罗普斯经过长途跋涉，终于来到伊利斯。此时，他也听说了应征者全被惨杀的消息，但他不想就这么放弃。

这时，他想到了海神波塞冬。海神具有无边的神力，而且为人也十分和善。这样想着，他不知不觉就来到了大海边，大声地呼唤强大的守护神波塞冬。

“伟大的神啊，”珀罗普斯祈求道，“如果你自己也喜欢爱情女神的礼品，那么就请帮助我，让我不会受到俄诺玛诺斯的长矛的伤害，请赐给我神车，让我以最快的速度到达伊利斯，祈求你保佑我取得胜利。”

海神很快就乘着波涛出现在珀罗普斯面前。因为海神对这个长期虔诚信神的人很有好感，在得知详情后，他答应提供帮助。他轻轻地念了一下咒语，一辆闪着金光的神车就从波涛中飞了出来，它的前面还有四匹正扇动着巨翼的飞马呢！

珀罗普斯谢过海神，然后跃上马车，风驰电掣地向伊利斯飞去。

国王听说又有一位应征者前来，立马出门迎候。当他看到珀罗普斯的马车后，十分震惊，心想这个小伙子也许有非凡的本领。但是，强烈的自信心并没有让他动摇比赛的决心，他甚至还要求等珀罗普斯和他的飞马休息好以后再进行比赛。

比赛的这一天，尽管珀罗普斯的神车跑得飞快，但国王最后还是追了上来，国王得意地拔出随身的长矛。在这千钧一发

之际，海神出现了，他对国王的马车做了些手脚，可怜的国王就这样瞬间被摔了出去。

就这样，珀罗普斯顺利地到达终点，赢得了比赛，他也如愿娶到了自己心爱的姑娘。

后来，珀罗普斯不仅成为伊利斯国的国王，还统一了奥林匹亚城，并创办了著名的奥林匹克运动会，他的丰功伟绩不断地被后人传颂着。

希波达弥亚还为珀罗普斯生了很多儿子，他们从小就受到很好的教育，个个聪慧过人，他们长大后，分布在伊利斯全境，各自都建立了自己的王国，并建立了卓越的功勋。

法厄同的灾难

法厄同是太阳神和人间女子克吕墨涅生下的孩子，因为父亲太阳神长年不在他们母子身边，所以他们在人间备受欺负。

这天，满腹委屈的法厄同终于忍受不住，来到了父亲的宫殿。父亲的宫殿很美，他远远地就看见两扇银质的大门泛着银白色的光芒，上面的浮雕非常精致，记载着人间那美丽的传说。而两旁树立着几根金光闪闪的柱子，格外的耀眼。向上望去，线条优美的飞檐上还镶嵌着乳白色的象牙呢！真是太美了！法厄同嘴里赞叹着，脚步已踏入了殿门。

太阳神此时正在大殿里和众神商讨事情。众神中有美丽的春神，她青春靓丽，头上漂亮的花环给她增色不少；有迷人的夏神，她热情奔放，麦穗编织的发冠更是惹人注目；有端庄的秋神，她高贵典雅，手中颗粒饱满、鲜艳欲滴的葡萄惹人馋；有冷峻的冬神，她冷傲俏丽，垂下的雪白发丝犹如美丽的瀑布。当然，除了四季神以外，还有月神、年神、世纪神等。

这时，太阳神注意到门口的儿子法厄同，吃惊地询问道：

“亲爱的法厄同，你突然来访，有急事吗？我可不想听到一切有关你母亲不幸的消息。”

法厄同想走上前，靠近父亲说话，可是，父亲身上散发出的炙热强光使他停住了脚步。他用哀伤的眼神望着父亲，回答道：“母亲和我在人间确实过得不好，邻居都嘲笑我是一个野孩子，他们根本不相信母亲的话，因为她说我是伟大的太阳神之子。”

法厄同略微停了停，又说：“亲爱的父亲，你能答应我一个请求吗？”说完，他用乞求的眼神注视着太阳神。

太阳神慈爱地说：“我可怜的孩子，没想到我竟给我最心爱的两个人带来了麻烦。你说吧，孩子，无论是什么，我都会答应你的。”

听到父亲这样的回答，法厄同很高兴，他立马提出要驾驶太阳车一天，向世人证明自己确实是太阳神的儿子。

太阳神被法厄同提出的要求吓了一跳，他后悔刚才轻易许下誓言。他连连摇头拒绝，大喊道：“天啊，我的孩子，我真想收回自己的诺言！你只是一个人类啊！你那微弱的力量远不足以驾驶太阳车。即便是神，也没有谁敢提出如此狂妄的要求。除了我，众神之中还没有谁能够站在喷射火焰的车轴上。太阳车所经过的路是世上最陡峻的路。即使在早晨，马匹精力充沛，拉车行路也十分艰难。太阳车一直要走到高高的天上。当我站在那天之绝顶时，也常常感到头晕目眩。当我俯视大地，看到那辽阔的大地和海洋在我的眼前无边无际地展开，也会吓得双腿发颤。接着，太阳车又会急转直下，那疾驰的速度让人睁不开眼睛，令人无法呼吸，必须牢牢地抓住缰绳才行。海洋女神也常常为我担心，生怕我一不小心就从天上落进了万丈海底。

“你想想看，在不断旋转的天空中，我不得不竭尽全力让车保持平衡。所以，就算我把车借给你，你又怎能驾驭它呢？我可爱的儿子，趁早放弃你的愿望吧！你可以重提一个要求，天地间的一切财富，任凭你挑选。我对着冥河起誓，一定满足你的愿望！”

可是法厄同很固执，不肯改变他的愿望，太阳神已经立过神圣的誓言，怎么办呢？他只好细心交代一些注意事项。他说道：“孩子，你可要记住了，当你坐上太阳车的那一刻，你就肩负着巨大的责任。你一定要沉着驾驶，若出现一点差池，就会给你和整个人类带来灾难。”太阳神将儿子送上了金光闪闪的太阳车，法厄同脸上洋溢着得意之色。

黎明女神打开了天门，东方渐渐显出美丽的朝霞。女神们这时牵来四匹带翼的金色马匹，它们口中喷出炙热的火焰。太阳神亲自给儿子套上马匹，并在他脸上涂抹一层厚厚的圣膏，以抵御火焰的烘烤。末了，太阳神又交代道：“孩子，你要顺着轨道驾车，若跑得太低，会烧着大地；若跑得太高，会烧着神界。而且，你要与天地运转保持平衡，这样才不至于偏离轨道。”法厄同此时正沉浸在兴奋之中，根本听不进太阳神的叮嘱，他只大声地回了句：“父亲请放心，儿子已铭记在心。”就

向前奔去。

法厄同驾着太阳车冲过重重晨雾，只要他经过的地方，晨雾立马散去。前面四匹金马也温顺地扇动着金光闪闪的巨大羽翼，这些都让法厄同有种前所未有的荣耀感。他提高嗓门，吆喝着继续狂奔。

天空也越来越明亮。近在咫尺的星星和月亮光辉不再，它们悄悄躲到云层背后。法厄同再向下方的大地望去，人间已升起袅袅炊烟，还隐约传来公鸡的啼鸣。这更加让法厄同感觉到自己此刻就是天地之间光明的使者。他

就这样手握缰绳，纵马飞奔。

可不久，当前面的马匹意识到此次驾车的并不是它们昔日的主人时，便开始放肆起来，四匹马不再同步飞奔，马车被牵扯、颠簸得格外厉害。法厄同看到身下的大地剧烈摇摆起来，吓得他立马抬眼向高空望去，满眼的星星却不停地闪烁着，似乎在嘲笑他拙劣的驾驭技术。法厄同在失神的一刹那，竟将手中的缰绳松脱了。彻底摆脱束缚的马匹，更加放肆起来，它们很快偏离了原来的轨道，一会儿冲上云霄，一会儿俯冲大地。天空中的云朵燃烧起来，大地上的土地干裂，草木皆燃，天地间顿时浓烟滚滚。

法厄同见状，惊恐万分，此时他非常后悔没有认真听取父亲的叮嘱。可当他想勒马回到轨道时，却发现手中早已空空如也，此刻的他真是无助到了极点。而且，他感到自己的身体越来越灼热，体内的水分严重缺失。不久，他的身体就被燃着了，浑身烈焰的法厄同一头栽落下来，直落向浩瀚的厄利达努斯河。

太阳神得知后，悔恨交加，掩面痛哭。法厄同的母亲和妹妹更是悲痛欲绝，她们连续痛哭了四五个月，晶莹的泪珠最后变成了剔透的琥珀。不幸的是，妹妹赫利阿得斯后来由于过于悲痛，化为了一棵白杨树，母亲克吕墨涅经受不住这双重打击，郁郁而终。据说，法厄同死的那天，人间根本没有见到太阳，是大火照亮了大地。

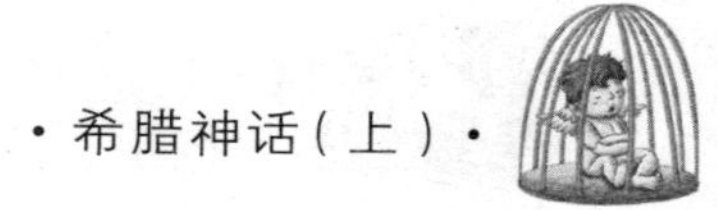

垂泪的尼俄柏

尼俄柏的出身很好，她的祖父是万神之父宙斯，父亲坦塔罗斯也曾是神祇的座上贵客。因为她的容貌姣好，仪表端庄，深受底比斯国王安菲翁的宠爱。

安菲翁是个很有艺术天分的国王，他擅长弹琴。缪斯女神送给他一把漂亮的古琴，琴声十分美妙。每当他那悠扬的曲子四处飘荡时，连石块也会不自主地跳跃起来。据说底比斯的城墙就是这些跳跃的石块堆砌而成的！

安菲翁娶了尼俄柏后，他们先后共有十四个子女。这些子女个个长得惹人怜爱。从此，安菲翁就更加宠爱尼俄柏了。

人们都认为尼俄柏是一个集万千宠爱于一身的女人，她自己也这样认为。慢慢地，自鸣得意的尼俄柏开始恃宠生娇，不把任何人放在眼里，甚至包括神通广大的神祇。

有一天，神祇托付占卜家提瑞西阿斯的女儿曼托吩咐底比斯城的妇女给勒托献祭。勒托是太阳神阿波罗和月神阿尔忒弥斯的母亲。

底比斯城的妇女按照神的旨意纷纷拥上街头准备献祭，尼俄柏也领着侍女来到街头。衣着光鲜的尼俄柏站在衣衫褴褛的众妇人中，甚是骄傲。

当她看见这些妇人在做献祭前的种种准备时，她满脸鄙夷地说道：“你们这些人都在瞎准备什么呀！勒托只不过是一位泰坦神很平凡的女儿，她哪里能和我比？”

顿了顿，她又接着说：“请问她有我的美貌吗？她的祖父是天神宙斯吗？她不就是生了阿波罗和阿尔忒弥斯两个孩子嘛！我可是生了十四个孩子啊！听清楚啦，是十四个！看看我的孩子们，多聪明可爱啊！只要他们笑起来，天上的星星也黯然失色！所以，愚蠢的人们，快快停止你们的活动，不要再做这等傻事！”说完，她扬长而去。

妇女们看见自己的王后发怒，知道她是一个骄横惯了的人，没人敢得罪她，所以都吓得一哄而散，纷纷回到自己家中。

而女神勒托此时正和她的两个儿女阿波罗与阿尔忒弥斯站在库恩斯山高高的顶端上，他们将人间刚发生的事情收入眼底。尼俄柏竟如此狂妄，这激起了勒托的怒火。

她愤怒地说道：“亲爱的孩子们，我身为你们的母亲，一直感到很骄傲。而且，我在神界这么多年，一直颇受世人尊敬，就连众神灵也敬我三分，可如今，我却被一个凡间女子这般羞辱，我的孩子们啊！这让我以后该如何在仙界立足啊！”

阿波罗也为母亲遭受这样的侮辱而愤怒，他大声地说：“母亲，您先息怒，她会为她今天所做的一切付出代价的！”说完

就和妹妹阿尔忒弥斯一起前往底比斯。

不一会儿，他们就看到了底比斯的城墙和城堡。城门外是一片宽阔的平地，那是供车马比赛的演武场。尼俄柏的七个儿子正在那里嬉戏。有的骑着烈性野马，有的进行着激烈的比武竞赛。

大儿子伊斯墨诺斯正骑着快马绕圈奔驰，突然，他双手一抬，缰绳“啪”的一声滑落，原来一支飞箭射中他的心脏，他顿时从马上跌落下去。他的兄弟西庇洛斯在一旁听到空中飞箭的声音，吓得连忙伏鞍逃跑，可是仍被一支飞箭射中，当场毙命，从马上滚落下来。

另外两位兄弟，一个是坦塔罗斯，另一个是弗提摩斯，两人正抱在一起角力。这时他们听见弓弦响起，结果双双被一支飞箭穿透射死。

第五个儿子阿尔菲诺看到四个哥哥倒地身亡，便惊恐地赶了过来，把哥哥们冰冷的肢体抱在怀里，想让他们重新活过来，不料胸口也遭到阿波罗致命的一箭。

第六个儿子达玛锡西通是个温柔的、留着长发的青年，他被射中膝盖。正当他弯下腰去，准备用手拔出箭镞的时候，第二箭从他口中穿过，他血流如注，倒地而亡。

第七个儿子还是个小男孩，名叫伊里俄纽斯，他看到这一切，急忙跪在地上，伸开双手，哀求着："呵，众神哟，请饶恕我吧！"哀求声尽管打动了可怕的射手，可是射出的利箭再也收不回来了。男孩"噗"的一声倒在地上死了，只是痛苦最轻。

噩耗很快就传到王宫。先听到噩耗的安菲翁，因经不住痛失爱子的巨大打击，自刎而死。

尼俄柏认为丈夫是盲信传闻，她才不相信自己的儿子们会惨遭杀害呢！当她匆匆忙忙赶到空地上，看见自己先前还活蹦乱跳的儿子们，现在却僵硬地躺在地上一动不动，这才相信那并不是传闻。她万分悲痛地匍匐在孩子们的尸体上呼喊着，一时涕泪横流。

而后，她仰望苍天，声嘶力竭地喊道："勒托，我现在不仅失去了可爱的儿子们，还失去了宠爱我的丈夫，你心里总该

平衡了吧！”

正在这时，尼俄柏的七个美丽的女儿闻讯，纷纷来到母亲身边。她们都穿着白色的丧服，宽大的衣服更衬出她们身形的美好。微风拂动着她们宽宽的衣袖，吹动着她们长长的秀发，轻抚着她们红肿的眼眶，这让她们别有一番凄美的风韵。

尼俄柏抬起泪眼看向女儿们。忽然间，她那忧愤的眼中射出得意的光芒。她狂笑着直视天空道：“勒托，我还真让你平衡不了，你以为害死我的儿子们，我就一无所有了吗？睁大你那神眼看看，我还有七个漂亮的女儿呢！”

话还没有说完，空中就传来一阵弓弦的声音，每个人都十分恐惧，只有尼俄柏无动于衷。巨大的不幸已经使她麻木了。

突然，一个女儿紧紧地捂着胸口，挣扎着拔出箭镞，无力地瘫倒在一个兄弟的尸体旁。另一个女儿急忙奔向不幸的母亲那儿，想去安慰她，可是一支无情的箭射来，她也一声不响地倒了下去。第三个在逃跑中被射倒在地，其余的几个也相继倒在死去的姐妹身边。只剩下最小的一个女儿，她惊恐地躲在母亲的怀里，钻在母亲的衣服下面。

“给我留下最后一个吧，”尼俄柏悲痛地朝苍天呼喊着，“她是兄弟姐妹中最小的一个！”可是，即使她苦苦哀求，这最小的孩子也最终在她的怀里瘫倒。尼俄柏孤零零地坐在她七个儿子和七个女儿的尸体中间。

她伤心得突然变得僵硬了：头发在风中一动也不动，脸上失去了血色，眼珠木然地瞪视着。生命离开了她的躯体，血液在血管里冻结，脉搏停止了跳动。

尼俄柏变成了一块冰冷的石头，全身完全硬化，只是僵化的眼睛里不断地淌着眼泪。一阵旋风将她吹到空中，又吹过了大海，一直把她送到尼俄柏的故乡，搁在吕狄亚的一座荒山上，下面是西庇洛斯悬崖。在这里，她不再拥有丈夫的疼爱，不再拥有儿女的拥抱，唯有肆虐的狂风和自己相伴。

就这样，尼俄柏为自己的狂妄付出了沉重的代价！其实，尼俄柏若早能吸取父亲坦塔罗斯的教训，也许结局就不会这么悲惨。

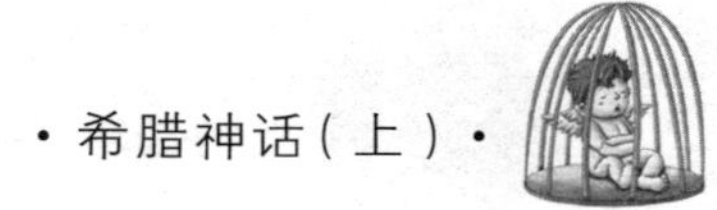

伊阿宋的故事

伊阿宋的身世

伊阿宋的祖父克瑞透斯当年在忒萨利亚的海湾建立了伊俄尔科斯王国，后来，他将王位传给了最疼爱的儿子埃宋。

埃宋的弟弟珀利阿斯是个大阴谋家，他杀死了哥哥夺取了王位。

埃宋被杀后，他的儿子伊阿宋为躲避叔父的追杀，逃到了半人半马的肯陶洛斯族人喀戎那里。在那儿，善良的喀戎悉心地照料着他，并从小训练他做一个英雄。

伊阿宋渐渐长大，成了一个勇武有力且年轻英俊的青年。而他的叔父珀利阿斯则渐渐年迈，这时他正为一个神谕困扰着。神谕要他提防一个穿一只鞋的人。珀利阿斯反复思忖，也猜不透这话的含义，以致这神谕像一块石头一样压在了他的心底，令他惶惶不可终日。

伊阿宋在二十岁那年，告别了对他有养育之恩的喀戎，他想返回故乡，准备从珀利阿斯手中夺回王位。

伊阿宋身裹豹皮，长发披肩，雄赳赳、气昂昂地大踏步向前走，那神态颇似战神阿瑞斯。他随身带着自己平日里经常使用的两根长矛，一根用来投掷，以分散敌人的注意力，另一根用来快速刺杀敌人。

在途中，他经过一条大河时，河旁的一位老妇人求他帮她渡过河去。实际上，这个老妇人是国王珀利阿斯的仇人、万神之母——赫拉伪装的。赫拉知道伊阿宋这次回来必会经过这条大河，所以特意在这里等他，以此来考验他。赫拉很小心地伪装了自己，因为她不想被伊阿宋识破。不明真相的伊阿宋爽快地答应了她的要求，这让她很高兴。

在过河时，赫拉指着一处淤泥地带让他走，走了不多时，伊阿宋就陷了下去，其中一只鞋子陷在泥里怎么也拔不出来。他本想弯下身子，用手拔出那只鞋子，可一想到背上的老妇人，就打消了这个念头。

就这样，那只鞋被

留在了泥里，伊阿宋赤着一只脚，背着老妇人向岸边走去。

上岸后，伊阿宋和老妇人告别，然后向伊俄尔科斯走去。当他到达时，看见一群臣民在一个国王的带领下准备祭拜海神波塞冬，那个国王就是伊阿宋的叔父珀利阿斯。

这时，人们也看到了伊阿宋，只见他相貌英俊、身材魁梧、气宇轩昂，都诧异地认为是阿波罗或阿瑞斯到了这里。这个特别的外乡人的突然降临自然也引起了正在摆设祭品的珀利阿斯的注意，他上下打量着伊阿宋，但他已认不出眼前的年轻人就是自己的侄子。

时间真是个奇妙的东西，它能在十几年的光景里改变一个人的相貌。就连珀利阿斯也暗暗对伊阿宋的外貌称赞不已。

但是，当他打量到伊阿宋的脚时，不禁眉头紧皱，因为这个外乡人只穿了一只鞋子，这让他马上联想起那个让他一直惶恐的神谕，他顿时明白了神谕的含义。

神圣的祭拜仪式结束后，珀利阿斯立即奔向这个外乡人，尽量用随意的口吻询问他是谁，以及家住在哪里。

伊阿宋这时也认真打量起眼前这个满头银发、满脸皱纹的老人。很快，他认出了这就是夺取父亲王位，还杀死父亲的那个恶毒的叔父，他的内心里立刻腾升起熊熊的复仇之焰。

但是，看着叔父的这副老态模样，善良的伊阿宋心中复仇的火焰慢慢熄灭。他尽量用缓和的语气回答说："我是前国王埃宋的儿子，但我是在喀戎的山洞里长大。现在我回来只是想看看父亲曾住过的宫殿。"

狡猾的珀利阿斯一听说眼前的外乡人就是十几年前未除掉的后患，心里不禁“咯噔”了一下，但他又尽力压抑住自己，不让丝毫的不安表露出来。他装出惊喜的表情，热情地拥抱着伊阿宋说：“原来，你就是我可怜哥哥的儿子，我失散多年的侄儿啊！可让我找着你了！”

相认后，珀利阿斯领着伊阿宋到宫殿各处观赏，还召集了所有的皇亲国戚一同设宴款待伊阿宋，庆祝他的回归。接下来连续五天都是这样。

但即使这样，还是没有让伊阿宋忘记自己此次回来的目的。在第六天，伊阿宋私下找到珀利阿斯。他谦和地说：“叔父，我这次回来能得到您如此的厚待，我心里真的很高兴，但您心里一定很清楚，我回来并不只是看看宫殿的。但您放心，其他的身外之物，如牲畜、财宝等，我都不要，只要您能交出我父王的权杖和王位就行了……”

珀利阿斯虽然早已料到伊阿宋会提出这样的要求，但他听完还是吃惊不小。他当然不会这么轻易就范，他要让伊阿宋永久地离开这片国土。沉思片刻，他就盘算出一个自认为万全的办法。

珀利阿斯轻握着伊阿宋的手说：“亲爱的侄子，我很感激你的宽宏大度，不仅没追究我曾经犯下的罪过，还愿给我留下那么多的财物。但在我让位之前，可不可以提出一个请求：到科尔喀斯，去取回国王埃厄忒斯的金羊毛。”

珀利阿斯顿了顿，皱着眉头又接着说：“因为我最近总是

被一个噩梦纠缠着，我对你提出的那个请求，其实是梦中佛里克索斯的阴魂要求我去办的。可你也看到我现在的窘况，我已没有那个力气去长途跋涉了啊！别人我又指望不上，现在只能请求你帮我这个忙啊！”说完，他用乞求的眼光看着伊阿宋。

伊阿宋曾听希腊人说过金羊毛的故事：玻俄提亚国王阿塔玛斯有一个儿子叫佛里克索斯。他年幼时被父亲的宠妾伊诺百般虐待，非常悲惨。后来，他的生母涅斐勒偷偷让女儿赫勒把他从宫中抱了出来。涅斐勒拥有一头长着金羊毛和双翼的公羊，那是众神的使者、亡灵接引神赫尔墨斯送给她的。她让一双儿女骑在公羊背上，飞过了陆地和海洋。谁知，赫勒在半途中突然一阵头晕，从羊背上坠落下去，掉进大海里淹死了。那片海由此也有了一个名字——赫勒海，又称赫勒斯蓬托。

最后，佛里克索斯被平安地带到黑海岸边的科尔喀斯，受到国王埃厄忒斯的热情接待。不久，佛里克索斯娶了国王的女儿卡尔契俄柏。佛里克索斯为了感谢宙斯保佑自己逃脱，不惜宰杀了金羊祭献他。而那珍贵的金羊毛，则被作为礼物献给了埃厄忒斯。埃厄忒斯又将它转献给战神阿瑞斯。金羊毛被钉在纪念阿瑞斯的圣林里，由一条火龙负责看守。这条火龙的命运与金羊毛的命运牢牢绑在一起，因此，它格外恪尽职守。

能去圣林里将金羊毛取回一直被天下英雄视作是一项伟业，因为不仅在圣林里取金羊毛时会遭遇到火龙的野蛮抵抗，就是在去圣林的途中也会经受千难万险。所以到目前为止，还没有一个人能完成这一伟业。

想有所作为的伊阿宋很想获此殊荣，于是，他爽快地答应了珀利阿斯的请求，却根本没料想叔父的险恶用心。其实，珀利阿斯是想让伊阿宋在取宝的途中丧命。

伊阿宋取金羊毛

伊阿宋将去取金羊毛的消息不胫而走，希腊众多的英雄们听说后也纷纷要加入这一伟大的壮举中来。伊阿宋一一接纳了他们。

希腊当时有位技艺精湛的建筑师，名叫阿耳戈。他在智慧女神雅典娜的指示下，为取宝的英雄们打造了一艘坚不可摧的大船。据说，这艘大船上的帆都是用多多那神殿前的一棵有灵性的万年栎树制作而成。传说只要是用这棵栎树做成的东西，都可以占卜未来。

这艘号称是希腊航海史上最大的战船建成后，就直接取名为“阿耳戈”。这些英雄们也就是人们所说的“阿耳戈英雄”。

大船很快就造好了，一切准备就绪，英雄们通过抽签确定了自己在船上的位置。伊阿宋是总指挥；提费斯负责掌舵；林扣斯眼力敏锐，当了领港员；英雄赫拉克勒斯掌管前舱；珀琉斯和忒拉蒙则负责后舱。其余的水手中，还有卡斯托耳、波吕丢刻斯、涅琉斯、阿德墨托斯、墨勒阿革洛斯、俄耳甫斯、墨诺提俄斯、忒修斯、庇里托俄斯、许拉斯、奥宇弗莫斯和俄琉斯。

之后，众英雄就在船长伊阿宋的带领下，举行了起航前的祭拜仪式。仪式进行得很隆重，他们郑重其事地将准备好的祭品献给海神波塞冬，并虔诚地做着祈祷。

祭祀完毕，伊阿宋立即下达任务，众英雄各司其职，只等船长伊阿宋的一声号令。伊阿宋威风凛凛地立在船头，他眺望整个大海，一声高呼："阿耳戈的英雄们，向前进发！"

霎时间，五十支船桨一齐划动，阿耳戈大船像一个昂首挺胸的将军，向前驶去。不久，待伊阿宋再回望自己的故土时，伊俄尔科斯国已经变成了一个小黑点了。

航行过程中，众英雄个个士气高昂，他们边划着手中的桨，边高歌猛进，一个个海岛纷纷退到了他们的船后。

这样，他们经过不少岛国，其间不乏凶险的地方，比如，野蛮的珀布律喀亚王国、好斗的亚马孙女人国等。当然，也有些很有趣的岛国，比如，雷姆诺斯岛国是个女儿国，整个岛上见不到一个男人；菲纽斯国土上有一种怪鸟，名叫"美人鸟"，它喜欢抢食国王菲纽斯的美餐，还将其啄脏，国王很是无奈。

后来，他们又经过了基奇科斯岛，岛上居民是杜利奥纳人以及极其野蛮的土著巨人。这些巨人长着六条胳膊，除了肩上的胳膊，左右腰间还各长着两条。

杜利奥纳人是海神的后裔，在海神的护佑下，巨人不敢侵犯他们。杜利奥纳人的国王是虔诚的基奇科斯。他听说海上驶来一艘大船，便马上和全城人出来迎接，并请他们把船停在港

口。原来，国王得到过一则神谕：如果有一队高贵的英雄前来，他应该友好接待，万不可与他们发生冲突。国王宰牛杀羊，用美酒佳肴热情款待了阿耳戈英雄。

第二天清晨，阿耳戈英雄们登上一座高山，一边观察这岛在海上的方位，一边欣赏海天一色的美景。突然，一群巨人从四处涌来，用巨大的山石把港口封堵起来。此时，停在港口的阿耳戈船上只有赫拉克勒斯一人。他看到突如其来的一群巨人侵犯港口，便持弓搭箭，射死了许多巨人。英雄们很快赶去，用矛和弓箭把巨人们打得一败涂地，港口周围遍地都是他们倒下的巨大身躯。阿耳戈英雄们得胜后，又扬帆起航，驶入了大海。

夜里，海上风向突然变了。阿耳戈英雄们还没反应过来，就被大风吹回到杜利奥纳海岸。刚着陆时，他们还以为自己到

了夫利基阿港呢！睡梦中杜利奥纳人被登陆的嘈杂声惊醒，急忙拿起武器包围了港口。黑夜中，他们完全不知道对方就是他们昨天隆重款待过的朋友，双方展开了厮杀！

英勇无比的伊阿宋使足力气，将长矛深深地刺进了慷慨而又虔诚的国王基奇科斯的胸膛。这下，杜利奥纳人不得不逃回城内，闭门不出。第二天，太阳升起后，双方这才发现犯了一个大错。

英雄们看到躺在血泊中的基奇科斯，心中充满了无限的悲痛。他们和杜利奥纳人一起哀悼了三天，才重新扬帆出海。

在暴风雨中航行一程后，阿耳戈英雄们在奇奥斯城附近的俾斯尼亚海湾登陆。这时，赫拉克勒斯想终止航行，自己去独闯一番天地。他就是宙斯与人间的情人阿尔克墨涅所生的儿子。伊阿宋认为人各有志，便爽快地应允了。

后来，又有其他几位英雄，因为种种原因而离去。伊阿宋就带着剩下的英雄继续前行，但他们的士气丝毫不逊于往日。

这一天，伊阿宋带领他的英雄船队到达了阿瑞岛。他们要到岛上去暂歇一下，可刚登陆，就遇到了四位精壮的小伙子，他们自称自己的父亲佛里克索斯是阿塔玛斯国王的儿子。伊阿宋一听，很是高兴，知道遇上了亲人，因为他们的祖父与伊阿宋的祖父是亲兄弟。伊阿宋看着四位小伙子个个衣衫褴褛，便问是怎么回事。

原来，他们的父亲不久前已去世，但他临终前留下了遗愿：让他的四个儿子去俄耳科墨诺斯城取回他珍藏在那里的宝物。佛里克索斯一生中珍藏了很多的宝物，就连伊阿宋要取的宝物金羊毛，也是他赠送给国王埃厄忒斯的礼物。

于是，他们四兄弟就乘着小船出发了，可没想到，在此却遇上巨浪袭击，他们连人带船沉入了大海，所幸四人都没事，可身上的财物全被海水带走了。

伊阿宋了解事情的原委后，很是同情他们，见他们连代步的工具也没了，就让他们加入自己的船队，一起前行，因为到俄耳科墨诺斯的方向恰好与去圣林的方向一致。经过短暂的休整后，英雄船队又拔锚起航了。

途中，英雄船队还经过了囚禁普罗米修斯的高加索山。但他们并未在此停留，而是加紧赶往他们今晚的目的地——法瑞斯河的出海口。

出海口附近的景色非常优美。往左看去，一个灯火辉煌的都城，给这个水样的夜晚平添了别样的韵味，那是科尔喀斯王国的都城；往右看去，一片广袤的田野与左边的景色形成鲜明的对比，它是那样的恬静、幽暗。

英雄们的眼睛不免又向更远处眺望，在田野的尽头就是阿瑞斯的圣林——他们此行的最终目的地。他们隐约看见一条巨大的火龙盘旋在金羊毛的周围，吐着血红的毒芯子，瞪着滴溜溜的眼睛，谨防敌人的偷袭。此时，阿耳戈英雄们个个情绪激昂，他们已迫不及待地想与火龙一较高下了。

伊阿宋此时的心情和众英雄们一样，但他可不能意气用事，他首先命令各英雄将船停靠在港口，然后又命他们将祭品

抬出来供好。接着，在伊阿宋的带领下，众英雄高高举起酒杯，向河流中的众神及途中死去的英雄们致敬，并请求他们保佑阿耳戈英雄们能够凯旋。祭祀完毕，伊阿宋叮嘱各位英雄早早睡下，为第二天养精蓄锐。

第二天，天刚蒙蒙亮，众英雄已围绕在伊阿宋的周围商讨，他们正为到底是用和平的方式取回金羊毛，还是用暴力的方式夺回金羊毛而争执不下。最后，他们决定，先由伊阿宋带着佛里克索斯的四个儿子和其他两位英雄前往埃厄忒斯的宫殿，进行和平谈判，剩下的英雄们留在船上，时刻做好战斗的准备。于是，在众英雄的相送之下，伊阿宋一行人离开了阿耳戈船，向埃厄忒斯的宫殿走去。伊阿宋手里还紧紧地握着赫尔墨斯的和平杖。

由于受到保护女神的佑护，他们很快就来到宫殿。眼前的建筑物令伊阿宋一行人十分震惊，那是何等的富丽堂皇、精巧别致！这就是埃厄忒斯的宫殿。据说，这个宫殿的建造者是技艺精湛的赫菲斯托斯。

阿耳戈英雄们并没有一直流连于宫殿外观的华美，而是径直往宫殿深处走去。这时，迎面走来一位美丽的女祭司，她就是国王埃厄忒斯的小女儿美狄亚。因为美狄亚长年待在赫卡忒神庙，没见过什么外人，所以，当她一见到伊阿宋等人，立刻尖叫起来。她的姐姐卡尔契俄珀闻声迅速跑过来。当卡尔契俄珀认出她的四个儿子时，也失声大叫起来。儿子们看到久别的母亲，当然也高兴万分。

当埃厄忒斯得知自己的四个外孙找来后，也非常高兴。他大摆宴席，热情招待他的外孙们及其朋友，场面热闹极了。

期间，美狄亚由于被躲在伊阿宋身后的爱神厄洛斯的飞箭射中，她在不知不觉中爱上了英俊的伊阿宋。

当仆人们将准备好的丰盛佳肴摆上桌面后，大家一边畅谈一边享用美味的食物。起先，国王对他们一直很热情，可当国王从他的一个外孙阿耳戈斯口中得知他们的来意后，就立刻对他们产生了敌意，并暗暗地想方设法除掉他们。

在确保万无一失的情况下，他决定先试试这些外乡人的实力。于是，他对伊阿宋说："金羊毛是个

稀世珍宝，只有最勇敢的英雄才配拥有它。我有两头耕种的神牛，它们天生四只铜蹄，并且鼻子能喷出大火。我每天清晨都要拉着它们下地耕种，我播下的种子很特别，是龙牙，到了晚上，我就可以收获了，收获的东西也特别，是一群全副武装的士兵。只有在击败他们后，我才能休息。若你们能像我一样，驯服神牛，击败士兵，我就将金羊毛拱手相让。”

伊阿宋很爽快地接受了国王的挑战，他向国王告辞后，就带着同伴向阿耳戈大船走去。

在途中，阿耳戈斯看到伊阿宋愁眉不展的，于是就建议道：“我们可以找一位姑娘帮我们渡过眼前的困难，她能调制出一种魔药呢！”可很快就被伊阿宋否决了，因为他不想靠一个女流之辈来取得胜利。

回到船上，伊阿宋将国王的话转述给众英雄听，大家立即商量对策，可久久没有结果。无奈之下，伊阿宋只好将阿耳戈斯在途中的建议讲给大家听。

这时，他们想起了菲纽斯曾说过的一个预言，说是他们将得到一个女人的援助才能凯旋。于是，众英雄立即赞同阿耳戈斯的提议，伊阿宋也只好点头答应。

其实，阿耳戈斯提议中的姑娘正是他的姑姑，也就是暗暗喜欢着伊阿宋的美狄亚。而关于魔药，在阿耳戈斯还是个小孩子的时候，就曾经在母亲的宫殿中意外地见识过这魔药的厉害，他确信魔药一定能降伏那些神牛和士兵。

接下来，他就要央求母亲能帮他们说服姑姑，好让她的魔药发挥神力。

卡尔契俄珀经不住儿子的苦苦哀求，最终应承了下来。可正当她准备离开寝宫去找妹妹美狄亚时，美狄亚的贴身侍女却慌慌张张地冲进寝宫，告知她美狄亚正在痛哭流涕。她听后，急忙随侍女来到美狄亚的寝宫，询问妹妹原因。

其实，刚才美狄亚梦见伊阿宋正准备跟公牛搏斗，但目的不是为了金羊毛，而是为了娶她，并要把她带回家乡。但到最后，真正跟公牛展开生死搏斗的却是她自己，虽然她最终战胜了公牛，可她并没有成功的喜悦。因为她的父母见她如此帮助一个外乡人，非常伤心，美狄亚哭着向他们解释，竟然从梦中哭醒了。

可美狄亚不好意思对姐姐说梦见自己竟为那个外乡男子与自己的父亲为敌。于是她灵机一动说："我的好姐姐，我痛哭都是因为你的儿子，我的侄儿们啊！我刚梦到父亲要杀死他们和那些外乡人，我是怕这个可怕的梦会应验才伤心啊！"

卡尔契俄珀听完，道："我的好妹妹，我为了这件事也很苦恼，本想找机会请你帮忙，没想到你却未卜先知，那就请帮帮你这可怜的姐姐吧！儿子们可是我生命的全部啊！"

美狄亚见姐姐未识出自己的心思，她想想自己的心上人，想想自己父亲的专横，又想想可怜的姐姐，终于狠下心来，决定帮助异乡人与父亲抗争。她让姐姐给伊阿宋带信说第二天在神庙见面。卡尔契俄珀听了妹妹的决定，喜出望外。她离开妹妹后，就赶紧给儿子送信去了。

兴奋的卡尔契俄珀走后，美狄亚却又开始犯难了，她一直在同自己做着激烈的思想斗争。她想若是父亲知道是她帮助了伊阿宋，该会多么愤怒啊！其实，她最担心的还是伊阿宋，伊阿宋若成功取得金羊毛，他还会再看自己一眼吗？又或者，他回到自己的国家，还会记得自己吗？

这样一想，她几乎打算放弃对伊阿宋的帮助了，但是，正在她犹豫之时，伊阿宋的保护女神赫拉出现了，赫拉最终让她下定决心帮助伊阿宋。

第二天天刚亮，美狄亚就醒来了。她蹑手蹑脚地走过大厅，让女仆们给她套车，送她到赫卡忒神殿。同时，她从小盒子里取出一种叫作普罗米修斯油的药膏，这是用一种树根的黑汁制成的，这种树木吮吸了从普罗米修斯的肝脏滴入地里的血，所以树汁都是黑色的。传闻在祈求地狱女神后，用这种药膏涂抹全身，那人当天就能刀枪不入，火烧不伤，战无不胜。这盒药膏是美狄亚亲手制成的。

马车套好后，美狄亚带着两个侍女坐上马车，并亲自驾车。马车后面，是十个步行的女侍。行人都恭敬地避到一旁，为国王的女儿让路。

美狄亚到了神殿门口，从马车上跳下来，思索了片刻，对侍女们说："我想我已经犯下了罪孽，我还是没有避开这些异乡人。我姐姐和她的儿子阿耳戈斯请求我帮他们的头领制伏神牛，为他施予魔药，使他免遭伤害。我佯装答应，还约他到神殿单独见面。其实，我不过是想得到他的礼物罢了。得到礼物后，我会再分给你们。除此之外，我还要对他使用毒药，让他彻底完蛋。现在你们都走开，以免他产生怀疑。"侍女们很满意她的计划，顺从地走开了。

很快，精神焕发的伊阿宋带着阿耳戈斯以及预言家朋友莫珀索斯赶到了神殿。

英俊的伊阿宋一出现，美狄亚不由得双颊绯红，心跳加快。对面的伊阿宋也被美狄亚娇美的容颜惊呆了，他傻傻地站在那里。最后，还是清醒较快的伊阿宋打破了僵局，他真诚地代表阿耳戈英雄们向美狄亚表示感谢。

美狄亚听到伊阿宋对自己的赞美和感谢，心里乐滋滋的。她小心翼翼地将盛有魔药的小盒子递到伊阿宋的手中，仿佛同时将自己的一颗心也递了出去。伊阿宋心领神会地接过，并报以情深意长的眼神。接着，美狄亚告知伊阿宋使用魔药的方法。

刚交代完，美狄亚的泪水就夺眶而出，因为她害怕伊阿宋战胜父亲后就会离开她。她边哭边说："你取得胜利回去后，请千万别忘了在遥远的国家，还有个可怜的姑娘美狄亚！你能告诉我，你的家乡在哪里吗？"

伊阿宋看着心爱的姑娘如此伤心落泪，他不忍心道："美丽的姑娘，请你相信我，今后无论我在哪里，都会将你记在心底。我叫伊阿宋，是希腊人，我的家乡就是忒萨利亚的伊俄尔科斯王国。请你跟我一起回去吧，那里的人民一定会热情地欢迎你的，因为你，多少家庭才得以保全。而我，又是多么需要你啊！"

美狄亚能从伊阿宋口中听到这样的话，感到无比幸福。为了不耽搁伊阿宋，她即使有千言万语也不得不暂时放在心里。所以，理智的美狄亚只是满含着热泪点了点头，并约好在他成功归来后还在这里会合。

伊阿宋依依不舍地和美狄亚告别后，就在国王那儿取了龙牙，并依照美狄亚的交代先沐浴全身，然后再举行了一场盛大的祭祀活动。

当晚，伊阿宋用美狄亚白天交给他的魔药擦拭全身，就连他的长矛、宝剑和盾牌等兵器也擦拭了一遍。忙毕，他明显感觉有一股强大的气流直达体内，他顿时觉得神清气爽、力大无比，而他的兵器也锋利锃亮了许多。看着身边锃亮的兵器，伊阿宋脸上荡漾着幸福的神情。就这样，他很快进入了甜蜜的梦乡。

第二天，阳光格外地灿烂，远处，高加索山顶上的积雪熠熠生辉，一切都是那么的美好。

伊阿宋全身披挂，铮亮的铠甲在阳光的照耀下异常夺目。只见他左手握盾，右手执矛，肩膀上还斜挎着宝剑，英姿飒爽地在众英雄的簇拥下来到阿瑞斯田野。这就是国王每天耕种的地方，一会儿，一场与神牛和士兵的恶战也将在这里开始。

这时，伊阿宋看到田埂上的国王，他正意味深长地看着自己，伊阿宋分明嗅出这意味深长之中含有嘲讽的味道。不过，接下来的一幕就会让国王目瞪口呆了。

并没有任何号令，一头神牛鼻喷熊熊烈焰，脚下腾起层层烟尘，直奔伊阿宋而来。而伊阿宋丝毫不乱阵脚，只见他微微伸开两腿，缓缓地将盾牌置于身前，微曲着身子站定，迎接着神牛的猛攻。

在大家意料之中，伊阿宋恰到好处地用盾牌抵挡住神牛坚硬的双角。在抵触的一瞬间，伊阿宋又眼明手快地握住牛的双角，他深吸一口气，将牛一下拖拽得很远。最后，伊阿宋直击神牛那粗壮的铜蹄，神牛感到剧烈的疼痛，轰然倒下，腾起阵阵烟尘。

伊阿宋还未来得及喘息片刻，另一头神牛已杀气腾腾地冲过来，伊阿宋又用同样的方法降伏了它。本想在一旁看笑话的

国王此时惊呆了。

卡斯托尔和波吕丢刻斯两兄弟反应极为迅速，他们拿起轭具就向伊阿宋丢来。伊阿宋飞快地接住，并迅捷地将其牢牢地套在两头神牛的脖子上。接着，伊阿宋又套上铁犁，用矛尖指挥着神牛向前犁去。神牛走过的地方立即现出一道深深的土沟，伊阿宋就把已备好的龙牙一颗颗地播撒在土沟中。

伊阿宋一边播种着龙牙，一边警惕身后，以防龙牙长出的士兵突袭。可是，士兵们始终没有出现，直到太阳西斜，整个土地几乎耕完，土地里才开始持续不断地向外冒出手拿兵器的士兵。这些士兵一到地面，就如狼似虎地向伊阿宋扑过来。

伊阿宋的脑海中突然灵光一闪，他随手捡起一块大石头砸在士兵的中间，然后他迅速蹲下，

并用盾牌挡在身前掩护着。

结果，那些士兵转移目标，互相残杀起来。就在他们杀得难解难分的时候，伊阿宋拔出身上的宝剑，将他们一一杀死。

国王看到这一切，简直不敢相信自己的眼睛，为什么事情都朝着与预期相反的方向发展呢？他很快意识到，一定是他的女儿在暗中帮助伊阿宋，才破坏了他的整个计划。于是，国王气急败坏地直奔王宫。而美狄亚早已预知到父亲会回来责问，甚至是残暴的惩戒，她趁夜提前向伊阿宋的阿耳戈大船上奔去。

伊阿宋与心爱的人再次重逢，心里异常兴奋。美狄亚更不必说，因为她的一些小秘密全写在自己不会说谎的脸庞上。

阿耳戈英雄们本想一打败国王的神牛和士兵，就直接前往圣林取回金羊毛，只是路线不是很清楚，而美狄亚正好这时赶来了。在美狄亚的带领下，众英雄当晚就扬帆起航赶到圣林。为了避免人多动静大，伊阿宋命令众英雄在船上等候，他和美狄亚两人前去取回金羊毛。

由于美狄亚对圣林了如指掌，所以他们不多时就已站在那棵高大的栎树下了。他们抬眼望去，只见金羊毛在夜色的衬托下闪闪发光，犹如夺目的夜明珠挂在树梢之上。

可就在他们对金羊毛惊叹之时，对面高度警惕的火龙已发现了他们，它高高地抬起自己的巨头，拖动着又粗又长的身体，快速地游向这两位来访者。

美狄亚首先发现了火龙，她敏捷地闪到伊阿宋身前，直视火龙的眼睛，嘴里轻声哼出绝妙的催眠歌。待这魔幻般的歌声

传到火龙的耳中，它那奋力游动的身躯慢慢停止了动作，炯炯有神的双眼也开始黯淡了下来，并很快合上了。

看到火龙被降伏，伊阿宋腾空一跃，一下就跳到栎树上的金羊毛旁边，他迅速取下它，就拉着美狄亚狂奔到船上。

伊阿宋归来

众英雄看到伊阿宋和美狄亚平安回来，非常高兴，当他们看到伊阿宋手中那件闪闪发光的宝物时，更是喜不自禁，但为了不耽误行程，众英雄来不及细细观看这宝物的真容，就在伊阿宋的一声号令下奋力去划船了。大船顿时像离弦之箭飞快地直奔出海口。而此时的国王已得到情报，知道就是自己的小女儿背叛了自己，才导致金羊毛眨眼工夫就被外乡人取走。他和儿子阿布绪耳托斯驾着太阳神的四马战车，带领众多武士向入海口追来。可等他们抵达时，阿耳戈船早已不见了踪影。

国王震怒，他声嘶力竭地命令儿子阿布绪耳托斯作指挥，带领武士继续追赶。阿布绪耳托斯得令，带领着武士浩浩荡荡地向前追赶。由于他们日夜兼程，又熟悉水路，所以他们仅用两天多的时间就已抢先抵达伊斯河的入口处。阿布绪耳托斯立即将众武士分散在各个海湾，以图包围阿耳戈英雄们。

可阿布绪耳托斯的这些小伎俩，在英雄们快抵达时就已被识破。英雄们在邻近的一个岛屿上悄悄靠岸，并召开了一个紧急会议，商讨应对之策。由于对方武士众多，而他们只有几十个人，直接和对方拼杀注定失败，但若就这样束手就擒，英雄们自是不甘，得想一个以少胜多的良策。可纵使众英雄绞尽脑汁，也没想出一个妙计来。

这时，美狄亚生出一计。她走向众英雄，说可以谎称自己是被姐姐的儿子们绑走的，但现在她已摆脱外乡人的控制，并把金羊毛偷偷带出来了，然后约阿布绪耳托斯在阿尔忒弥斯神庙见面。到那时，埋伏在左右的英雄们就可以不费一兵一卒将阿布绪耳托斯杀死。阿耳戈英雄们一听，觉得目前也只有这个办法可行，也就同意了。

果然，阿布绪耳托斯丝毫未怀疑姐姐美狄亚的谎言，他孤身一人如约来到阿尔忒弥斯神庙。可他还未开口，就已死在伊阿宋冷冰冰的宝剑之下。美狄亚虽然痛心，但她确实也属无奈，她将宝剑上弟弟留下的血迹轻轻擦拭掉，并亲自掩埋了尸体。

这一切都被躲在乌云中的复仇女神真真切切地看到，一股阴冷的光芒在她的眼中闪过，可是没有人注意到这些。

在消灭阿布绪耳托斯带来的武士后，阿耳戈英雄们继续他们的回程之旅。途中照样危险重重：海上的巨大风暴、后续的科尔喀斯武士的追杀、能以美妙歌声诱使人自杀的女妖等。但他们最终历经千险，回到了伊俄尔科斯海湾，结束了此次伟大的寻宝之行。

为了感谢海神波塞冬的保佑，伊阿宋将阿耳戈大船摆放在科任托斯海峡上作为祭品献给海神。

身心俱疲的美狄亚回到家后，看到丈夫伊阿宋居然正沉浸在他的美好婚讯之中。美狄亚决定即刻举起复仇之剑，让自己的仇人立刻遭到报应。

美狄亚径直走入房内，从自己的储物盒内取出几件美丽的金袍，将它们放到伊阿宋的手中，她假装用祝福的口气说这是她送给新娘的贺礼。

伊阿宋以为美狄亚已释怀，便高高兴兴地找来一个侍女将衣服送到王宫。出乎他意料的是，这些看似美丽的金袍已被美狄亚用毒药涂抹了一遍，这些金袍就是美狄亚的“复仇之剑”。

侍女很快来到王宫，将美丽的金袍呈献到公主面前。公主一见，非常喜欢，想象自己若穿上这美丽的金袍一定会是世界上最美丽动人的新娘。这样想着，公主便迫不及待地吩咐左右侍女帮她更衣。

换上金袍的公主果然光彩照人，她轻拈衣袍的下摆，得意地旋转起来。但不久，公主红润的脸色突然变得煞白，娇艳欲滴的嘴唇被口中涌出的白色泡沫浸染，一阵眩晕袭来，她一头栽倒在地板上。并且，她身上美丽的金袍开始自燃，美丽动人的公主眨眼之间成为一具丑陋的焦尸。左右侍女见此情景，吓得四处奔逃。

噩耗很快传到国王耳中，国王匆匆赶到，他悲愤地抚摸女儿的焦尸痛哭，可他因沾染到尸体上的剧毒，瞬间也倒在了公主的身旁。

美狄亚很快从回来的侍女口中得知宫中的事情，她知道，

伊阿宋不久就会回来找自己算账的。但她要在他回来之前
一件事：杀掉自己的三个儿子。因为儿子们是伊阿宋的心头肉，儿子们若有不测，伊阿宋一定会痛不欲生的。于是，残忍的美狄亚将复仇之剑指向了她那无辜的三个儿子。

果然，当伊阿宋挥舞着宝剑冲进家门时，看到儿子们的惨剧，他失声痛哭，知道这又是美狄亚所为。他抹掉眼泪，遍寻整个房间，却仍然找不到美狄亚的踪影。

伊阿宋转身出门。这时，从高空中传来一声巨响。伊阿宋抬头望去，只见可恶的美狄亚已乘坐龙车升至半空。

这时，伊阿宋彻底绝望了，悲愤之中，他举起手中的宝剑抹向了自己的脖子。